AF498513

Ernst Wichert

Blinde Liebe

e-artnow 2018

Franz Werfel
Der veruntreute Himmel

Elisabeth Bürstenbinder
Am Altar

Henryk Sienkiewicz
Sintflut (Historischer Roman)

Stefan Zweig
Vierundzwanzig Stunden aus dem Leben einer Frau

Alexandre Dumas
Die Gräfin Charny: Historischer Roman

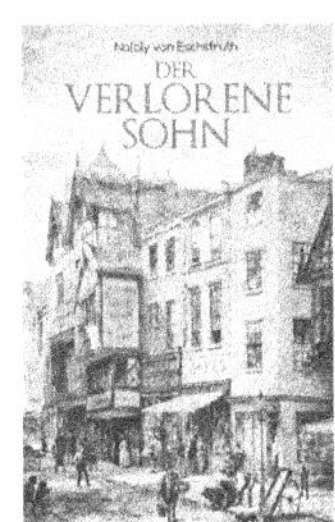

Nataly von Eschstruth
Der verlorene Sohn: Stolz und Trotz eines Grafen

Joseph Roth
Beichte eines Mörders, erzählt in einer Nacht

Arthur Schnitzler
Jugend in Wien (Autobiografie)

Franz Werfel
Der Abituriententag

Elisabeth Bürstenbinder
Ein Gottesurteil (Historischer Roman)

Ernst Wichert

Blinde Liebe

e-artnow, 2018
Kontakt: info@e-artnow.org

ISBN 978-80-273-1955-8

Inhaltsverzeichnis

I

Doctor Erhart Waldstätter bewohnte ungefähr seit so lange, als man sich überhaupt mit ihm beschäftigte, den oberen Stock des vor dem Westthor des Gymnasialstädtchens gelegenen, dem Fabrikanten Steiger gehörigen Hauses. Als er einzog, war er kürzlich als jüngster Lehrer mit sehr mäßigem Gehalt angestellt worden und hatte eiligst eine alte Liebe heimgeführt. Damals lebte noch der Großvater des jetzigen Besitzers, ein schon recht bejahrter Mann, der das Haus einst seinen Bedürfnissen entsprechend gebaut hatte, jetzt aber nur die untere Etage benutzte, nachdem seine Töchter sich verheirathet und seine Söhne auswärts Stellung gesucht hatten. Das Haus da draußen war ihm zu einsam geworden, als seine Frau starb, und er suchte für die oberen Räumlichkeiten einen Miether, mit dem sich angenehm verkehren und bequem leben ließe. Auf die Höhe des Zinses kam es dem sehr reichen Manne gar nicht an, und das anspruchslose und doch zur besten Gesellschaft gehörende junge Paar wäre ihm auch als Freiwohner recht gewesen. Dr. Waldstätter wieder war froh, nicht in der engen Stadt eins von den Giebelhäusern mit niedrigen Zimmern und dunkler Treppe beziehen zu müssen, und sein Weibchen fand die großen Räume, namentlich im Sommer, ganz nach Wunsch, auch wenn sie vorläufig nur recht spärlich oder gar nicht möbliert werden konnten. Da blieb der Zukunft so viel zu thun offen, und es war vergnüglich, so recht darauf gestoßen zu sein, für sie allerhand Möglichkeiten auszuklügeln. Es hatte ihnen auch wenig Bedeutung, daß sie in der schlechten Jahreszeit mitunter gesellschaftlich von der Stadt abgesperrt waren. Sie machten sich aus den Lustbarkeiten, wie sie die Mittelstadt bieten konnte, nicht viel. Waldstätter, der den deutschen Unterricht auf den oberen Klassen ertheilte, besaß eine große und auserlesene Bibliothek, die keine Langeweile aufkommen ließ, und zur Noth bedurfte es ja auch nur eines Wortes beim Hausherrn, um bereitwilligst dessen Equipage zur Verfügung zu erhalten. Im Sommer entschädigte reichlich der schöne Garten, in den der Miether freien Eintritt hatte.

Der Doctor war dann mit der Zeit zum Oberlehrer aufgerückt und sogar nach Veröffentlichung einer sehr schätzenswerthen wissenschaftlichen Facharbeit durch den Professortitel beglückt worden. Seine Frau hatte ihm mehrere Kinder geschenkt, von denen jedoch nur zwei Mädchen am Leben geblieben waren. Dann hatte sie selbst vor einigen Jahren das Zeitliche gesegnet. An eine zweite Heirath dachte der schon graue Herr nicht. Er lebte mit seinen beiden Töchtern in ganz angenehmen, wenn auch bescheidenen Verhältnissen, auf sein Gehalt angewiesen, das immer gerade ausreichte, da er seine Bedürfnisse danach bemaß. Sein Tag war reichlich mit Arbeit besetzt, und selten gönnte er sich so viel Muße, darüber nachzudenken, was aus den Kindern einmal nach seinem Tode werden sollte. Fühlte er sich doch noch rüstig und war es keineswegs ausgeschlossen, daß sie eine annehmbare Partie machen könnten. Nicht, daß er sich darum irgendwie bemühte; aber das war ja auch nach seiner Meinung, wenn er darüber wirklich eine hatte, gar nicht erforderlich. Stand er persönlich im größten Ansehen, so waren die Mädel auch wohlgebildet und gut erzogen: mehr hatte er für sie nicht thun können, und das schien auch genug gewesen zu sein, denn über ihre Beliebtheit in der ganzen Stadt und Umgegend konnte kein Zweifel laut werden.

Auch »unten« hatten die Dinge sich vielfach verändert. Nach dem Tode des alten Fabrikanten stand die Wohnung eine Zeit lang ganz leer. Die Erben ließen die ansehnliche Dachpappen- und Cementfabrik durch einen Inspector verwalten, der in dem tausend Schritte entfernten Geschäftsgebäude wohnte. Dann übernahm ein Enkel, der wohlhabend genug geheirathet hatte, die andern Interessenten abfinden zu können, das Grundstück mit allen Anlagen und bezog die großväterliche Wohnung, nachdem sie durchweg modern eingerichtet war. Das Miethsverhältniß mit dem Professor blieb selbstverständlich unberührt. Herr Theodor Steiger hatte, als er eben erst vierzig Jahre alt geworden war, das Unglück gehabt, seine Frau im dritten Wochenbett zu verlieren. Darüber waren nun wieder drei Jahre vergangen. Er lebte seitdem fast ausschließlich seinem Geschäft, dem er durch die Benutzung verbesserter Maschinen und Materialien einen neuen Aufschwung gegeben hatte. Die Kinder wurden von einem ältlichen Fräulein beaufsichtigt, welches zugleich die Wirthschaft führte. Daß er der reichste Mann im Orte sei, wußte jedes Kind, aber seinem Auftreten war es nicht anzumerken. Der Gesellschaft galt er für schwer zugänglich, wenn auch nicht gerade für menschenscheu. Mit dem fast zwanzig Jahre älteren Professor stand er in bestem Einvernehmen, wennschon sie einander nicht häufig besuchten. Eigentlich hatten sie recht wenig Anknüpfungspunkte; aber der Fabrikant, welcher selbst nur durch eine Realschule gegangen war und später wenig Zeit gehabt hatte, sich eine freiere Bildung anzueignen, sah den Gelehrten als eine Art höheres Wesen an, und der Professor, dessen Sinn in eigenen Angelegenheiten allem Praktischen abgewandt war, schätzte den lebensklugen und vielerfahrenen Geschäftsmann vielleicht gerade wegen der Eigenschaften, die ihm selbst abgingen. So konnte auch in der Unterhaltung Jeder auf seinem Gebiet bleiben, ohne dem Andern langweilig zu werden; nur durfte man einander nicht zu oft in Anspruch nehmen.

Die beiden Töchter des Professors waren im Lebensalter sehr verschieden. Die ältere Agnes hatte schon ihren sechsundzwanzigsten Geburtstag gefeiert. Frida war erst neunzehn Jahre alt und überhaupt das jüngste Kind gewesen. Für hübsch galten sie beide, ähnlich aber waren sie einander so wenig, daß ein Fremder sie an Gesicht und Figur schwerlich als Geschwister erkannt hätte. Agnes über mittelgroß, schmächtig, von zarter Gesichtsfarbe, dabei schwarzhaarig, Frida eher klein, voll, blond und von gesündestem Aussehen. Sie hatte die muntersten braunen Augen, während die dunkelgrauen der Schwester meist ernst blickten oder in verhaltenem Feuer glänzten. Auch in ihrem Wesen zeigten sie wenig Gemeinsames. Agnes sei ganz des Vaters Tochter, hieß es, Frida erinnere mehr an die verstorbene Mutter. Das war doch nur mit Einschränkungen und Zusätzen richtig. Freilich hatte die Frau Professor ein heiteres Temperament und viel geistige Beweglichkeit gehabt, aber den wirthschaftlichen Sinn erbte die ältere Tochter von ihr; und wenn diese des Vaters ernste Lebensanschauung und seine Liebhaberei für Bücher theilte, so trat bei ihr doch an die Stelle der Pedanterie des Gelehrten ein ihm ganz fremder Zug von schwärmerischer Vertiefung in allerhand idealistische Vorstellungen, die ihr zu sittlichen Problemen wurden, und das schwermüthige Behagen am Alleinfürsichsein. Der Professor, wenn er sich in seinen Arbeiten gegen Abend oder an Sonn- und Festtagen eine Erholungspause gönnte, vergnügte sich ganz gern in der Gesellschaft von Kollegen und sonstigen gebildeten Leuten aus Stadt und Umgegend beim Glase Bier und der Cigarre und konnte über die älteste, schon zehnmal aufgewärmte Anekdote herzlich lachen.

Agnes besorgte die kleine Wirthschaft geräuschlos mit der Genauigkeit und Sauberkeit eines geborenen Hausmütterchens, an das doch in ihrer eher hohen Erscheinung und nach außen hin sehr sicheren Lebenshaltung nichts erinnerte. Sie hatte ja die Mutter schon in den letzten Jahren ihrer Krankheit vertreten und dann ganz an ihre Stelle rücken müssen. Nach ihren Neigungen war nicht gefragt worden, und sie hatte selbst nicht danach gefragt. Es schien ja selbstverständlich, daß die älteste Tochter sich des Hauswesens annahm. Sie that aber nicht nur das Nothwendige, sondern sah es nun ganz ihrer Art gemäß als eine heilige Pflicht an, diese häuslichen Dienste, auch wenn sie ihr nicht gefielen, mit aller Hingebung zu leisten, ihr Wirthschaftsbuch peinlichst in Ordnung zu halten, mit der Magd auf den Wochenmarkt zu gehen und die Schwester zu »bemuttern«. Das mußte so sein, und darum geschah es im Gefühl der Freiwilligkeit; sie hätte sonst keine Freude an dem guten Erfolg ihrer Thätigkeit gehabt. Aber sie ging keineswegs in derselben auf. Es war, als ob sie sich nur freimachen wollte, um dann mit gutem Gewissen des Papas Bibliothek durchstöbern und sich deren Schätze aneignen zu können. Auch hier wählte sie nicht die leichteste und ansprechendste Lektüre, sondern stellte sich die Aufgabe, bestimmte Gebiete der Literatur planmäßig durchzuarbeiten, und schreckte diesem Zweck zuliebe auch vor dem Langweiligsten nicht zurück. Es ließ ihr innerlich keine Ruhe, bis sie sich gestehen durfte, mit irgend einem Theil des Wissens so weit fertig zu sein, als ihr Verständniß und die Mittel reichten. Es war nicht das philologische Interesse des Professors an diesen Dingen, wie ihr denn auch das Notieren von bemerkenswerthen Einzelheiten und das Ausziehen von wichtigen Stellen gar nicht in den Sinn kam; sie wollte nur möglichst viel von dem wissen, was die Jahrhunderte an allgemeinem Bildungsstoff aufgehäuft hatten, und sie führte ein Tagebuch, in das sie sehr gewissenhaft an jedem Abend eintrug, welche Eindrücke sie empfangen und wie sie sich mit ihnen abgefunden hatte. Sie las auch französisch und englisch, nachdem sie sich nicht ohne schwere Mühe mit Beistand des Specialkollegen ihres Vaters die erforderlichen Sprachkenntnisse angeeignet hatte. Am liebsten saß sie, mit einem Buch in der Hand, zur Winterszeit im Lehnstuhl, in eine warme Decke eingehüllt, die Lampe auf dem kleinen Tisch seitwärts hinter sich im Sommer in der schattigen Laube oder auf dem Bänkchen unter der Linde. Dabei hütete sie sich wohl, mit ihren literarischen Errungenschaften irgend einem lästig zu fallen. Sie wußte, daß die Frauen und Mädchen ihres Umgangskreises daran nur sehr oberflächlichen Antheil nahmen und wollte sich bei den Männern nicht in den Verdacht der Blaustrümpfigkeit bringen. Es war unter ihnen auch Niemand, dem sie sich mitzutheilen ein besonderes Verlangen hätte haben können. Man hätte sie nicht verstanden, das fühlte sie. Ueberhaupt fehlte ihr die Neigung, sich auszugeben. Natürlich besuchte sie Gesellschaften und selbst Bälle; das war sie ja der Schwester schuldig, aber auch da schien's immer, als ob sie mehr mit sich, als mit andern wäre. Sie betheiligte sich bei den Spielen der Jugend und auch beim Tanz, man wurde ihrer jedoch nicht froh, und die jungen Herren forderten sie auch nur noch pflichtschuldigst auf. Es schien ihr aber gar keinen Schmerz zu bereiten, bei den Engagements die letzte zu bleiben oder ganz vergessen zu werden.

Darin war vielleicht auch der Grund zu suchen, weshalb sie sechsundzwanzig Jahre alt geworden war, ohne ein Liebesverhältniß gehabt zu haben, geschweige denn ein Verlöbniß eingegangen zu sein. Ein armes Mädchen freilich, das nicht einmal auf eine nennenswerthe Ausstattung zu rechnen hatte, konnte schwerlich als eine lockende Partie gelten. Aber es fehlte doch nicht an jüngeren Lehrern mit bescheidenen Ansprüchen, und zwei von den Richtern, ein paar Rechtsanwälte und Aerzte, der Oberpostsekretär und der Stadtkämmerer, die es allenfalls auf ihr Einkommen wagen konnten, waren auch noch unbeweibt. Eine hübsche und kluge, dabei wirthschaftliche Frau zu bekommen, deren Vater ein hochangesehener Professor war, konnte doch nicht unerwogen geblieben sein. Aber niemand hatte bisher einen Antrag gewagt oder sich auch nur um eine ernstliche Annäherung bemüht. Für die Herren Primaner, die in der Gymnasialstadt eine Rolle spielten, für die Referendare und Lieutnants der Garnison war Agnes nun erst recht schon längst kein Gegenstand der Schwärmerei mehr. Sie hatte es nie verstanden, ihnen freundlich entgegenzukommen und sie zu ungefährlichen Huldigungen aufzumuntern. Nicht der abgünstigsten alten Jungfer hätte es einfallen können, ihr Koketterie vorzuwerfen. Man schalt sie zwar nicht einen Eiszapfen, aber man sagte: Fräulein Agnes Waldstätter hat ihren eigenen Geschmack! und zuckte dabei die Achseln.

Dieses Achselzucken bedeutete allemal: Was soll man sich Mühe geben? Er hat keinen Zweck.

Da geschah nun das ganz Unerwartete. Eines Tages ließ sich zu sehr ungewöhnlicher Stunde Herr Steiger bei dem Professor melden und hielt feierlich um ihre Hand an. Der alte Herr war freudig erschreckt. Galt doch der Fabrikant als weitaus der reichste Mann im ganzen Kreise! Dazu als ein hochangesehener, zu allen Ehrenämtern gesuchter Mann! Hing es doch sogar nur von ihm ab, ob er zum Reichstage gewählt werden wollte! »Ich habe aber so gar nichts gemerkt,« sagte der Professor ganz verwirrt, indem er die Feder statt in das Tintenfaß über sein Manuskript ausspritzte.

»Es ist da auch wohl nichts zu merken gewesen,« antwortete Herr Steiger lächelnd. »Ich hab's bei mir ganz still gehalten, bis es reif geworden ist. Sie können sich's selbst vorstellen, daß man in meiner Lage, wenn man kein Thor ist, sehr sorgfältig prüft, was man bieten kann und empfangen will. Ich bin glücklich verheirathet gewesen und möchte das nicht vergessen dürfen. Ich habe drei Kinder, die ich liebe und gut zu erziehen wünsche. Zu jung, um schon mit dem Leben nach einer traurigen Erfahrung abschließen zu wollen, bin ich doch wieder zu alt geworden, um seine Freuden noch mit frischer Empfänglichkeit genießen zu können. Es ist kein Grund, an meiner körperlichen und geistigen Rüstigkeit zu zweifeln, aber mit dreiundvierzig Jahren bewegt man sich doch kaum noch in aufsteigender Linie. Mein Aeußeres und meine gesellschaftlichen Gaben lassen mich auch bei nicht übergroßer Bescheidenheit auf keine Eroberungen rechnen; ich bin auf die Hoffnung angewiesen, daß man einiger guter Eigenschaften wegen, die tiefer liegen, die augenfälligen Mängel gütig übersieht. Alles, was ich mir noch wünsche, ist ein ruhiges Glück, eine häusliche Behaglichkeit, eine angenehme Geselligkeit. Ich möchte mir bleiben können, was ich mir bin, um meiner Frau etwas zu bedeuten, was sie zu achten vermag. Darum suche ich nicht in der Ferne, sondern greife nach dem Guten, das so nah liegt. Ich hoffe, verehrter Herr Professor, daß Sie meine Wahl billigen.«

»Das versteht sich ja von selbst,« rief Waldstätter ganz aufgeregt. »Nur weiß ich nicht … Ich kann freilich kaum glauben, daß Sie über meine Verhältnisse im Irrthum sind. Ich besitze nicht das mindeste Vermögen, habe meiner Tochter nichts mitzugeben oder zu hinterlassen. Mein Gehalt —«

»Beunruhigen Sie sich darüber keinen Augenblick,« fiel Steiger ein. »Ich bin völlig eingerichtet und besitze selbst so viel, daß ich meinen Kindern durch eine zweite Heirath nichts entziehe, was sie einmal billigerweise erwarten dürfen. Ich gestehe Ihnen, daß ich sogar Werth darauf lege, in dieser Hinsicht ganz der gebende Theil zu sein. Es würde mich beschweren, mit Ansprüchen rechnen zu müssen, die mir einen gewissen Zwang der Berücksichtigung auflegen, und denke mir's gerade als eine sehr wohlthuende Befriedigung, doch irgend etwas zu haben, womit ich hochherzige Liebesverdienste vergelten kann.«

Der Professor schüttelte ihm gerührt die Hände. »Braver Mann,« rief er, »braver Mann: Ja, es giebt noch Uneigennützigkeit in der Welt! Welche Ueberraschung, welche Ueberraschung! Nein, das wäre mir auch im Traume nicht eingefallen. Meine Agnes … Ein Ausbund von Schönheit ist sie doch nicht. Da könnte man eher Frida —«

»Fräulein Agnes hat ein so liebes Gesicht, so seelenvolle Augen —!«

»Ja, ja! Das hat sie. Aber … Und es ist Ihnen auch bekannt, daß sie die Mitte der Zwanziger schon überschritten hat …«

»Für mich ist sie noch immer sehr jung, ich möchte sagen: zu jung, wenn nicht ihr gesetztes Wesen den Ausgleich verbürgte. Darf ich mich also Ihrer Zustimmung für versichert halten?«

»Herr Gott, mit tausend Freuden! Wie könnte ich gegen Sie etwas haben, mein bester Herr Steiger? Und für Agnes ist's ja ein Glücksfall … Hm, hm! es läßt sich so ansehen. Ich wundere mich nur, daß sie mir so gar nichts verrathen hat. Nicht mit einem andeutenden Wörtchen, nicht mit einem Blicke, einer Miene —«

»Ja, wie sollte sie?« fiel der Fabrikant anscheinend verwundert ein.

»Wie sollte sie —« wiederholte der Professor etwas unsicher, »sie ist freilich auch sonst nicht plauderhaft. Aber man denkt doch … Wenn einem Mädchen so etwas passiert —«

»Fräulein Agnes ist gar nichts passiert,« unterbrach Herr Steiger. »Was sollte —?«

»Aber sie weiß doch —«

»Nichts weiß sie. Ich habe mich bisher keinem, als Ihnen, eröffnet.«

»Ah! Sie sprachen mit Agnes noch nicht?«

»Nein. Es war mein Wunsch durch Sie Gewißheit zu erhalten.«

»Durch mich? Ja, aber —«

»Und ich muß wünschen, daß das Geheimnis gewahrt bleibt, wenn Fräulein Agnes, was ich nicht fürchten will …« Er senkte verlegen die Blicke.

»Aber wie wissen Sie denn, daß Agnes Ihnen gut ist?« platzte der Professor heraus.

»Das weiß ich eben noch nicht,« antwortete Steiger. »Ich hatte auch nicht den Muth, sie danach zu fragen.«

»Aber dazu gehörte doch wenig Muth, wenn Sie sich sonst überzeugt halten durften —«

»Daran fehlt's aber auch.«

»Wie? Sie haben meiner Tochter nicht zu verstehen gegeben, daß Sie mit solchen Absichten umgehen?«

»Nein. Ich habe absichtlich jede Annäherung vermieden, die sie befangen machen könnte. Ich habe Fräulein Agnes zu beobachten Gelegenheit gehabt, wenn ich die Ehre hatte, Ihr Gast zu sein. Ich habe sie öfters von meinem Fenster oder Balkon aus mit dem Buch in der Laube sitzen sehen und mir so ihre Züge tief eingeprägt. Sie hat immer wieder den günstigsten Eindruck auf mich gemacht. Ich zweifele nicht, daß sie meiner Wirthschaft würdig vorstehen, mir eine sehr liebe Frau, meinen Kindern eine gute und gerechte Mutter sein wird, kurz — daß ich keine bessere Wahl treffen kann. Der Wunsch, sie zu besitzen, hat dadurch so an Stärke gewonnen, daß ich mich zu diesem nicht leichten Gange entschlossen habe. Da wissen Sie nun alles.«

»Da weiß ich nun Alles —« sprach wieder der Professor nach, aber so zaghaft, als ob er eigentlich sagen wollte: da weiß ich nun gar nichts. Und das stand auch auf seinem Gesicht geschrieben. »Ja —« stotterte er nach einer kleinen Weile, »mein lieber, guter…Das ist ja alles ganz vortrefflich, aber ein junges Mädchen, sehen Sie — und wenn's auch nicht mehr ganz jung ist…Das heißt, ich denke mir's so…Und in meiner Jugend, und wie ich selbst es einmal gemacht habe…Na, das mag jetzt auch anders geworden sein.«

»Was? wenn ich fragen darf, Herr Professor,« bemerkte der Freiersmann, der offenbar aus seinem Benehmen nicht recht klug wurde.

»Verzeihen Sie«, bat der alte Herr, seine Schulter streichelnd, »ich bin wirklich in solcher Situation noch nicht gewesen. Als Vater…Nein, ich gesteh's, es hat noch keiner bei mir um die Hand einer Tochter angehalten. Es handelt sich um eine erste Erfahrung. Nun weiß ich zwar aus den Dichtern hinlänglich —«

»Aber hier entscheidet das praktische Leben,« bemerkte der Fabrikant abweisend.

»Nun eben,« bestätigte der Professor. »Ich denke mir, Sie können darüber doch nun ganz beruhigt sein, daß ich Sie mit offenen Armen empfange, wenn…Ja, und da ist ja gar kein Zweifel. Agnes wäre ja die größte Thörin…Aber sagen müssen Sie ihr's am Ende doch. Und ich denke mir, es wäre das Gescheiteste, wenn Sie sogleich zu ihr gingen —«

»Nein, nein,« wehrte Steiger ab. »Sie hat etwas in den Augen…Ich finde da sicher nicht die richtigen Worte. Schöne Redensarten zu drechseln, ist nie meine starke Seite gewesen, und so eine Liebeserklärung Aug' in Auge muß doch Schwung haben. Da falle ich schmählich ab. Ja hinterher, wenn wir erst im großen Ganzen einig sind, da soll Fräulein Agnes mich nicht schüchtern finden, ihr zu sagen, wie hübsch und liebenswürdig und klug sie in meinen Augen ist. Aber die Einleitung müssen Sie mir ersparen. Sie kennen meine Gesinnungen, bester Herr Professor, und die sind doch die Hauptsache. Sagen Sie Fräulein Agnes, daß ich ein Mann bin, der sie verehrt und dem auch die Mittel nicht fehlen, ihr das praktisch zu beweisen. Von Liebe zu sprechen, wäre eine unverschämte Faselei. Aber so etwas wie der Zug des Herzens ist doch auf meiner Seite bestimmend, und der kann noch viel stärker werden, wenn sie sich zum richtigen Entgegenkommen entschließt. Das sagen Sie ihr, verehrter Herr Professor, und dann geben Sie mir einen Wink — das Weitere findet sich.«

Er drückte dem alten Herrn wieder und wieder stoßweise die Hand, bis dieser tief ergriffen ihn umarmte und küßte; und dann nahm er eilig seinen Hut und verließ die Studierstube, ohne noch ein Wort zu sprechen, um dann vernehmlich die Treppe hinabzupoltern, was sonst gar nicht seine Art war.

Professor Waldstätter fühlte einen Schwindel im Kopf, der ihn nöthigte, sich erst einmal in den Stuhl niederzulassen und die Augen zu schließen. Eine seiner Töchter hatte einen ganz ernsthaften Antrag erhalten! Eine? Nein die ältere — ganz regelrecht. Die schon sechsundzwanzig Jahre alte, die vielleicht weniger hübsche — obgleich das Geschmackssache! Aber gut, ebenso hübsch — jedenfalls die ältere. Es that das dem Professor besonders wohl; es hatte sich etwas Glückliches für das Haus ereignet, und seine gute Agnese brauchte sich nicht zurückgesetzt und gekränkt zu fühlen. Der erste Heirathsantrag! Und was für einer! Der wohlhabendste und achtbarste Mann von allen denen, die überhaupt in Betracht kommen konnten, wählte *seine* Tochter! Die ganze Zukunft stand plötzlich in rosafarbenem Licht vor ihm. Alle Sorge war gewichen, nicht nur für Agnes, auch für Frida; wenn sein Stündlein kam, konnte er ruhig sein Haupt auf's Kissen legen. Sein Gehalt, seine Pension, das kleine Kapital aus der Lebensversicherung — das alles sprach ja nun gar nicht mehr mit. Frau Agnes Steiger…

Ja, es wirbelte ihm im Kopf, und dann stieg's ihm wieder von der Brust her beklommen auf, als ob da irgend etwas noch nicht so ganz in der Ordnung wäre — wenigstens nach seinen bisherigen Vorstellungen von dergleichen Ereignissen. Was er da selbst einmal erlebt hatte, konnte freilich gar nicht zum Vergleich herangezogen werden. Er ein armer Kandidat der Philologie, nur eben aus den Studentenjahren heraus — nein, er hatte noch nicht einmal sein Examen bestanden! und sie eines Landpfarrers Tochter, eins von acht Kindern, zum Besuch des Lehrerinnenseminars bei einer alten Tante in Pension…Da waren gar keine Umstände gemacht worden. Man hatte einander kennen gelernt, lieb gewonnen, verliebt in die Augen gesehen, verstohlen die Hand gedrückt und endlich beim Nachhausebegleiten in einer schönen Mondscheinnacht verrathen, was Jeder längst wußte; die lieben Angehörigen, die ja doch gar nichts dagegen haben konnten, da sie ja auch gar nichts dazu thun sollten, waren dann gelegentlich in Kenntniß gesetzt. Dem Professor schien diese Aufeinanderfolge der Dinge die löbliche Regel zu sein, in eine andere konnte er sich überhaupt nur mühsam hineinfinden. Und nun sollte zwischen den jungen Leuten nicht das Allermindeste vorgegangen sein, und das Mädchen vielleicht nicht einmal eine Ahnung haben, und der Vater als Vermittler…ah, ah, ah! Die Beklommenheit der Brust stieg ihm in den Kopf; er sah nichts mehr klar. Aber es war doch möglich, daß Agnes mit ihren klugen Augen die Absichten ihres heimlichen Verehrers längst durchschaut hatte, und daß sie überhaupt moderneren Anschauungen huldigte, als der alte Papa. Sobald er sich ein wenig erholt hatte, suchte er sie auf, nahm sie bei der Hand und führte sie schweigend aber ihr mitunter geheimnißvoll zublinzelnd, in sein stilles Zimmer. Mit einer gewissen Feierlichkeit hieß er sie gegenüber Platz nehmen, sah die mehr und mehr Verwunderte zärtlich an und sagte darauf in flötendem Ton: »Agnes — unserm Hause ist ein großes Glück widerfahren.«

»Ach —!« rief sie und hob den Kopf. »Bist Du zum Direktor ernannt, Papa?«

Er schob das Kinn hin und her. »Wie kommst Du darauf?«

»Ich meinte nur, weil Du Dir's doch immer wünschtest…«

»Nein, nein!«

»So hast Du eine Zulage erhalten?«

»Aeh — äh! Das wäre doch kein großes Glück.«

»Aber wir könnten's brauchen. In der Lotterie spielst Du doch meines Wissens nicht.«

»Denke an ganz etwas Anderes.«

»Ja…« Sie machte mit Kopf und Hand eine Bewegung, die sagen wollte: dann kann ich's nicht rathen.

Er schmunzelte. »Na — es hat Jemand um Dich angehalten.«

Agnes sah ihn mit großen Augen an. »Ach…Das ist ja nicht möglich,« sagte sie.

»Warum soll es nicht möglich sein?« eiferte er.

»Weil ich's dann doch wissen müßte.«

»Du — ja — hm…« Er wußte nun nicht weiter. Der Grund mußte ihm so durchschlagend scheinen, daß er erst wieder einige Sammlung brauchte, ihm mit einem Einwurf zu begegnen.

»Es sieht allerdings ein bischen sonderbar aus,« bemerkte er dann die Hände ineinander reibend, »die Thatsache steht jedoch fest: es hat Jemand um Dich angehalten.«

»Wer aber —?«

»Ja, rathe einmal.«

Agnes schüttelte den Kopf. »Das kann ich beim besten Willen nicht, Papa. Es hat mir Niemand zu verstehen gegeben, daß ich ihm so werth sei. Und unbemerkt hätte mir's sicher nicht bleiben können.«

»Vielleicht doch!«

»Ach —! Es ist Dein Spaß.« Sie sagte das ganz überzeugt, ganz ruhig. Kaum waren ihr die Wangen ein wenig geröthet. Nicht einmal Neugier blitzte aus ihren Augen.

»Höre, liebes Kind, die Sache will ernst genommen sein,« bemerkte der Professor, indem er eine Feder vom Schreibtisch aufhob und zwischen den Fingern drehte. »Soeben war Herr Steiger bei mir —«

»Der —?« rief sie, nun merklich erschreckt.

»Unser sehr ehrenwerther und gütiger Hauswirth,« fuhr er fort, »der ja auch schon oft unser lieber Gast gewesen ist. Ich glaube nicht nöthig zu haben, ihn Dir zu empfehlen.«

»Und der hat —«

»Soeben um Deine Hand bei mir angehalten — ja. Ich denke, ich habe allen Grund, dies als ein glückliches Ereigniß anzusehen.«

»Papa —!« Agnes blickte ihn dabei fragend an, als wollte sie sich versichern, wie's gemeint sei.

»Und was hast Du ihm geantwortet?«

»Natürlich nichts Sicheres. Wie konnt' ich? Ich war selbst so überrascht. Und es kam doch auf Dich an ...«

»Nicht wahr, Papa? Wenn es aber auf mich ankommt, so bedarf es gar keiner Ueberlegung. Den Mann, den ich heirathen soll, muß ich lieben.«

»Versteht sich von selbst.«

»Herrn Steiger aber liebe ich nicht.«

»Pah! Wie kannst Du das wissen?«

»Aber Papa —!« Sie lachte kurz auf.

Das verwirrte ihn noch mehr. »Freilich — Du — natürlich. Ich wundere mich auch nicht, daß Du jetzt ... Aber er verlangt ja auch nicht —«

»Daß ich ihn liebe, wenn ich seine Frau werde?«

»Verstehe mich doch nur recht! Es hat ja gar nicht davon die Rede sein können —«

»Aber davon muß doch zu allererst die Rede sein.«

Der alte Herr rückte unruhig im Stuhl hin und her. Mit den Fingerspitzen strich er eifrig die Stirn zwischen den Augenbrauen. »Na ja, ja,« knurrte er, »von einem gewissen Standpunkt aus, den ich ganz gut begreife ... Aber Du mußt bedenken, daß Herr Steiger bereits in reiferen Jahren ist und drei Kinderchen hat und zur zweiten Ehe schreiten will — da prüft man wohl anders sein Herz, als ... das heißt, ich will damit nicht gesagt haben ... Natürlich, ohne herzliche Zuneigung ist ein solches Verhältniß undenkbar. Und zumal auf Seiten der Frau ... Wie kann darüber der leiseste Zweifel sein? Aber Rom ist nicht in einem Tage erbaut. Und es wäre doch sehr gewagt, wenn Du behaupten wolltest, daß Du für einen braven und durchaus zuverlässigen, körperlich und geistig wohlgebildeten Mann, der Dir seine Neigung zuwendet, nicht bei noch näherer Bekanntschaft etwas empfinden könntest, das Liebe zu nennen wäre, das Liebe ist. Wenn Dein Herz noch nicht anders entschieden hat —«

»Nein, Papa, es fühlt sich ganz frei.«

»Das setzte ich voraus. Dann aber möchte ich Dich doch ernstlich bitten —«

Agnes stand auf, trat an seine Seite und legte den Arm um seinen Hals. »Das alles klingt mir ganz wunderlich, liebster Papa,« sagte sie in heiterem Ton. »Du magst es ja für Deine Pflicht halten, Herrn Steiger, den ich durchaus achte und ehre, das Wort zu reden, da er nun einmal sein Anliegen an Dich gebracht hat. Aber daß Du im Ernst meinst, ich könnte es auf die Probe ankommen lassen, die Du vorschlägst, das glaube ich Dir nicht. Wer sich zu ihm versteht, der hat sich schon gefangen gegeben. Mir aber ist die Freiheit lieb. Ich will einen Zwang vom Herzen her empfinden, wenn ich sie opfern soll. Der Mann, dem ich mich mit Leib und Seele zueigne, muß mein Geliebter sein. Es widerstrebt meinem innersten Gefühl, eine Ehe einzugehen, die etwas Anderes bedeutet als der feierliche Abschluß des Bündnisses zwischen Mann und Weib, deren leidenschaftliches Begehren es ist, aus Zwei Eins zu werden. Ich bin überzeugt, lieber Vater, daß Herr Steiger diese Ansprüche sehr sonderbar finden würde; er beweist das, wenn es dessen überhaupt noch bedurfte, für mich unwiderleglich durch die Art seiner Bewerbung. Mir selbst hat er bisher so fern gestanden, wie irgend ein achtbarer Freund des Hauses, der nicht einmal durch besondere Gaben des Geistes meine Aufmerksamkeit zu fesseln vermag. Daß er mir durch die freundliche Absicht, mich heirathen zu wollen, nicht plötzlich mehr geworden ist, brauche ich kaum zu sagen. Aber ich fühle auch, daß jedes Bemühen, die Kluft zwischen uns auszufüllen, ganz vergeblich sein würde. Und so bitte ich Dich, Herrn Steiger höflich aber bestimmt abzuweisen.«

Der alte Herr hatte die Schultern und das Kinn sinken lassen. »Ich dachte es wohl,« murmelte er kleinlaut; »wie Du nun einmal bist ... Und eigentlich hast Du ja ganz recht. Principiell läßt sich gegen Deine Doctrin garnichts einwenden.«

Agnes bückte sich und küßte ihm die kahle Stirn.

»Ich weiß nur nicht, ob Du bei solchen Gesinnungen je einen Mann —«

Sie bückte sich noch tiefer und küßte ihm das Wort vom Munde fort. »Habe ich mich schon beklagt, Papa?« fragte sie. »Es kann ja sein, daß mich Niemand so mag, wie ich zu haben bin, und daß ich nicht einmal einen finde, von dem ich wünschte, er wollte mich so haben. Nun, dann bleibe ich eben, was ich ja doch schon halb und halb bin, eine alte Jungfer —, Du darfst mir glauben, eine vergnügte alte Jungfer. Das Leben wird mich nicht langweilen, und noch immer besser, mit sich und seinem Gott allein sein, als auch noch sich und ihn verlieren.«

Damit brach sie dieses Gespräch ab, das für sie keine Fortsetzung mehr haben konnte, da Alles gesagt war. Der Professor hielt sie auch nicht weiter zurück. Auch ihm schien die Sache gänzlich abgethan. Wenn Agnes nicht wollte, war sie ja abgethan. Und wie sie sich ausgesprochen hatte, blieb der Hoffnung, daß sie anderen Sinnes werden würde, nicht das kleinste Hinterthürchen offen. Er suchte nicht einmal danach. Eigentlich hatte sie ganz recht, das gab er ihr nicht nur ins Gesicht zu. Er hätte sogleich den Absagebrief schreiben können.

Als er eben schon Papier und Feder zurechtgelegt hatte und in Gedanken mit den zwei oder drei höflichen Sätzen fertig war, die sein Bedauern ausdrücken sollten, die Erfüllung der Wünsche eines so lieben und verehrten Freundes nicht in Aussicht stellen zu können, fiel ihm ein, daß es doch kränkend empfunden werden könnte, wenn man sich gar keine Zeit zur Ueberlegung genommen zu haben scheine. Vierundzwanzig Stunden müßte man bis zur Antwort hingehen lassen oder sie wenigstens bis zum nächsten Morgen verzögern. Indem er sich nun aber diese Anstandspflicht auflegte, verurtheilte er sich auch dazu, weiter über die Angelegenheit nachzudenken und sie noch von anderen Seiten zu beleuchten, als auf welche Agnes das Licht hatte fallen lassen. Er nahm seine Arbeit vor, las aber nur mit den Augen und brachte keine Zeile aufs Papier. Er ging in die Schule, seine beiden Stunden zu geben, kehrte jedoch sehr mißvergnügt zurück. Bei Tisch sprach er kaum ein Wort und wies Fridas Frage, was ihn verstimmt habe, barsch zurück. Und dann schritt er, die Hände auf dem Rücken und das Kinn in die weiße Binde versenkt, lange auf und ab, ohne die gewohnte Pfeife anzustecken. Es war doch traurig, daß aus einer so guten Partie nichts werden konnte. Recht traurig. Ihm war so selten etwas im Leben entgegengekommen, was ein glückliches Ereigniß heißen konnte. Nun war's da, nur mit der Hand zu greifen, und er sollte den Arm nicht ausstrecken dürfen.

Mehr und mehr verblaßten die Gründe, die Agnes als so über jedes Bedenken zwingend hingestellt hatte. Immer deutlicher und lockender zugleich tauchten Vorstellungen auf, die einer ganz anderen Gedankenreihe angehörten. Bei aller Neigung zu idealistischen Standpunkten verschloß er sich doch auch sonst nicht praktischen Erwägungen. Und hier schienen sie ganz an der Stelle zu sein. Was versteht ein junges Mädchen, das die Nase noch nicht aus dem Hause gesteckt hat, von den wahren Bedürfnissen des Lebens? Mit was für Werthen wird da gerechnet? Und wenn nun die richtige Stunde versäumt ist, und die Zukunft später ein ganz anderes Gesicht zeigt, als das durch die Nebel der Einbildung gesehene, wer wird dafür verantwortlich gemacht? Der Vernunft hätte haben sollen!

Er redete sich immer überzeugter ein, für Agnes Vernunft haben zu müssen. Und so nahm er sie denn Abends nochmals in sein Zimmer, legte ihren Arm in den seinen und nöthigte sie, ihn auf feinem Spaziergange von der Thür bis zum Fenster und vom Fenster zur Thür zu begleiten. »Liebes Kind,« sagte er, »es ist mir tagüber so manches durch den Kopf gegangen, was ich Dir doch nicht verschweigen darf. Es ist ja richtig, daß man im allgemeinen die Dinge so hoch ansehen soll, als Du's thust. Da man nun aber doch auf der Erde lebt und jeden Schritt zu bedenken hat, damit man nicht unnütz über Steine stolpert, vielmehr den gangbarsten Weg zu erreichbaren Zielen wählt, und diese Ziele —«

»Hast Du denn noch immer nicht geschrieben, Papa?« fiel Agnes in diesen langen Satz ein, der sich noch eine gute Strecke weiter auszuziehen drohte.

»Nein,« antwortete er, »und das mit gutem Bedacht. Ich verdenke Dir's gar nicht, daß Du den Fall in die schon fertige Formel brachtest — ich fand es ganz in der Ordnung, daß ein junges Mädchen von echter Herzensbildung eine Heirath nicht unter allen Umständen als eine erstrebenswerthe Errungenschaft ansieht — ich darf ganz aufrichtig gestehen, daß ich es meiner

Tochter geradezu verdacht hätte, wenn sie achtlos an den Bedenken vorübergegangen wäre, die sich hier gewissermaßen aufdrängten —«

»Aber Papa?« unterbrach Agnes wieder ungeduldig.

»Aber ich halte es doch für meine gebotene Pflicht,« fuhr er sehr ernst fort, »Dich nochmals zu einer strengen Prüfung aufzufordern, ob Du Deinen vielleicht vorschnellen Entschluß nicht bereuen wirst.«

»Nie, nie!« rief sie.

»Das ist eben jetzt Deine Empfindung. Wer steht Dir und mir für deren Dauerhaftigkeit? Liebes Kind, wenn Du Dich ein wenig in der Welt umschauen willst — weitaus die meisten Ehen werden aus praktischen Beweggründen und unter verständiger Rücksichtnahme auf die Verhältnisse geschlossen. Ich sage nicht, daß es durchaus so sein sollte, aber es ist so. Und es giebt sehr glückliche Ehen, liebes Kind — ich könnte reichliche Beispiele aus unserem Bekanntenkreise wählen — die auf diesen Grundlagen erbaut sind, und sehr unglückliche Ehen, die aus einem Herzensbündniß hervorgingen.«

»Aber was beweist das?«

»Hm … daß es immerhin eine mißliche Sache ist, sich da, wo so viel zufällige Umstände zusammenwirken, um ein Resultat zu geben, mit geschlossenen Augen auf die Spitze eines Princips zu stellen. Die Ehe ist denn doch auch keineswegs lediglich die Fortsetzung eines Liebesverhältnisses. Sie hat mit praktischen Pflichten zu rechnen. Eine Frau, die ihren Mann in der Welt geachtet sieht, die durch seine Lebensstellung selbst einen weiten Wirkungskreis angewiesen erhalten hat, die einem großen Hauswesen vorsteht, Kinder erziehen, Dienstboten zu beaufsichtigen haben, in der Armen- und Krankenpflege thätig sein soll, wird immer in ihrem schönen Beruf eine nicht geringe Befriedigung finden müssen. Ich sage nicht, daß Reichthum glücklich macht, mein liebes Kind, aber es ist doch eine nicht fortzuleugnende Erfahrung, daß eine gewisse Wohlhabenheit dazu gehört, unsere guten Anlagen voll zur Reife kommen zu lassen, und daß, wo sie herrscht, schon so mancher Stein des Anstoßes aus dem Wege geräumt und friedlichem Zusammenarbeiten die Bahn geebnet ist.«

Agnes blieb stehen. »So wäre Dir's also wirklich lieb, wenn ich Ja sagte?« fragte sie herausfordernd.

»Natürlich wäre mir's lieb, wenn Du Ja sagen könntest,« erwiderte er. »Willst Du mir das verdenken? Ich bin freilich noch nicht in dem Alter, in welchem man täglich ans Sterben denken soll; aber um wieviel Jahre handelt es sich im günstigsten Fall noch? Vermögen besitze ich nicht, ersparen hab' ich nichts können — so werdet ihr Mädchen nach meinem Scheiden zusehen müssen, wie ihr euch durch die Welt bringt. Recht, bin ich überzeugt, und deshalb wahrscheinlich auch schlecht.«

»Das sollte doch wirklich Deine allerletzte Sorge sein,« meinte Agnes,

»Sage das nicht,« entgegnete er, seinen Arm in den ihren schiebend und sie wieder mit sich ziehend. »Ihr habt eine gute Schule durchgemacht und wohl auch zu Hause noch etwas darüber hinaus gelernt. Du bist sehr belesen und in den neueren Sprachen ziemlich weit, Frida spielt recht hübsch Klavier und hat einige Fertigkeit im Zeichnen — aber was ist das, wenn es darauf ankommt, Geld zu verdienen? Ein Examen hast Du nicht gemacht, Frida ebensowenig — ich war zu schwach gegen euch. Als Lehrerinnen werdet ihr also euer Brot nicht verdienen können. Die Handarbeit kann euch nicht nähren. So werdet ihr euch genöthigt sehen, die Stellung einer Wirthschafterin oder Gesellschafterin anzunehmen, oder als Verkäuferin in ein Geschäft einzutreten oder sonst untergeordnete Dienste zu leisten. Und wenn ich nun überlege, daß Du durch die Verbindung mit einem mehr als wohlhabenden Manne nicht nur Deine Zukunft glänzend gestalten, sondern auch Deiner jüngeren Schwester die festeste Stütze bieten kannst, und daß vielleicht ein bloßer Eigensinn … hm, hm! ich will Dich nicht kränken, aber verdenken kannst Du mir's wahrhaftig nicht, wenn ich meine Kinder gern gut aufgehoben wüßte.«

Agnes verhielt sich eine kleine Weile schweigend; zwischen die dunkeln Augenbrauen legte sich eine Falte, und die Unterlippe schob sich zwischen die Zähne, als ob sie das Weinen verbeißen wollte. Dann sagte sie: »Es thut mir recht weh, Dich so sprechen zu hören, Vater,

Du hast sonst immer besonderen Werth darauf gelegt, daß unser Handeln frei aus innerster Ueberzeugung folge und nicht durch Rücksichten auf äußeres Wohlsein bestimmt werde. Und jetzt, wo zum ersten Mal ernstlich eine Entscheidung nach diesem Grundsatz gefordert wird, verleugnest Du ihn.«

»Aber, aber…« stotterte er hinein.

»Ich weiß wohl, daß die Liebe zu Deinen Kindern Dich plötzlich so kleinmüthig macht,« fuhr Agnes fort, ohne sich beirren zu lassen, »ich wollte doch, sie wäre stolzer. Glaube mir, Du kannst meinetwegen ganz beruhigt sein. Ich werde auch in den dürftigsten Verhältnissen glücklich leben, wenn ich mir das Zeugniß geben darf, mir selbst treu geblieben zu sein. Jeder ist nun einmal, wie er ist.« Sie umfaßte und küßte ihn. »So! Und jetzt setze Dich gleich hin und schreibe den Brief, damit Dir die dumme Geschichte aus dem Kopf kommt.«

Das that er aber nicht. Er hatte sich's nun einmal zum Gesetz gemacht, erst am anderen Tage zu antworten, und dabei sollte es bleiben. Wer konnte auch wissen, was über Nacht geschah? Viel Hoffnung hatte er freilich nicht mehr.

Daß da im Hause etwas Ungewöhnliches vorging, hatte Frida unmöglich verborgen bleiben können. Es sollte auch gar nicht. Auf die Frage: »Was will denn der Vater von Dir?« hatte Agnes so über die Schulter hin geantwortet: »Ach —! Herr Steiger ist auf den wunderlichen Einfall gekommen, mich zur Frau haben zu wollen.« Da hiermit schon ihre Ansicht ausgesprochen war, hatte Frida sich mit einem Laut der Verwunderung begnügt. Später konnte sie's dem Vater vom Gesicht ablesen, daß die Entscheidung nicht nach seinen Wünschen gefallen war. Sich einzumischen, hielt sie aber nicht für gerathen.

Als die beiden Mädchen dann in ihr Dachzimmer hinaufgegangen waren, um sich schlafen zu legen, erwartete Frida mit Bestimmtheit, daß Agnes sich aussprechen würde. Sie kleidete sich jedoch aus, ohne nach ihrer Gewohnheit mehr als ein paar gleichgültige Worte hinzuwerfen, und legte sich zu Bett, kehrte das Gesicht auch sofort nach der Wand. Das ärgerte Frida, die heute mit besonderer Sorgsamkeit ihr schönes blondes Haar einflocht. »Morgen kannst Du also eine glückliche Braut sein,« begann sie.

Agnes wendete den Kopf zurück. »Eine glückliche Braut?«

»Nun, ich denke doch,« holte Frida weiter aus. »Es ist die beste Partie fünf Meilen in die Runde. Man wird Dich nicht wenig beneiden. Steiger ist ja kein Adonis, hat aber ein gutes, ehrliches Gesicht und etwas Männliches in seinem ganzen Aeußern, das mir gefällt. Wie alt mag er sein?«

»Darum hab' ich mich nicht gekümmert,« erwiderte Agnes verdrießlich.

»Das ist auch recht,« plauderte Frida weiter. »Weit über vierzig ist er gewiß nicht, und das kann man noch nicht alt nennen. Marie Stolz hat einen Fünfziger geheirathet und befindet sich ganz wohl dabei. Sie wickelt ihn um den kleinen Finger. Mit der freilich möcht' ich nicht tauschen. Ich habe sie neulich selbst im Laden stehen und die Kunden bedienen sehen. Sie sagte zwar zur Entschuldigung, es geschehe nur wegen unvermutheter Krankheit eines dienstbaren Geistes; aber ich glaube, sie können auch sonst nicht hohe Sprünge machen. Darin will man doch nicht beschränkt sein, wenn man einen Fünfziger nimmt.«

»Wie leichtsinnig Du sprichst,« schalt Agnes.

Frida ließ sich nicht stören. »Zwischen vierzig und fünfzig ist ja auch ein großer Unterschied,« plänkelte sie, »und Herr Steiger hat's glücklicherweise reichlich dazu, seine junge Frau auf Rosen zu betten. Beim letzten Kaffee sprachen die alten Damen von ihm, und ich hörte zufällig zu; die Steuerräthin wollte ganz genau wissen, was die Fabrik einbringt, und auf der Post sei ja bekannt, was für Geldbriefe er von seinem Banquier zu bestimmten Zeiten erhalte. Es wurden Zahlen aufgestellt, die einer Professorstochter Schwindel erregen konnten. Ich habe sie natürlich wieder vergessen. Damals ahnte ich ja nicht, daß er auf den ungeheuer vernünftigen Einfall kommen würde, sich mit allem, was er ist und hat, meiner Schwester zu Füßen zu legen.«

»Um den ungeheuer vernünftigen Einfall ist's schade,« bemerkte Agnes mit spitzer Betonung.
»Nun?«
»Er mag nur wieder aufstehen; ich will ihn nicht.«

»Das ist Dein Scherz!«

»Du irrst.«

»Aber so furchtbar thöricht wirst Du doch nicht sein.«

»So furchtbar thöricht werde ich sein. Ich begreife nicht, wie Du nur einen Augenblick darüber in Zweifel sein konntest.«

»Nein, sage … Aber warum willst Du ihn nicht.«

»Weil ich ihn nicht liebe, weil er mich nicht liebt! Ist das nicht Grund genug?«

»Aber auf wen wartest Du denn?«

»Auf keinen — ich warte auf keinen. Es ist ja doch gar nicht nöthig, daß man auf einen wartet.«

»Da kletterst Du nun wieder so hoch hinauf, daß ich Dir nicht folgen kann. Es ist doch so natürlich —«

»Laß mich schlafen!«

»Nein, Du sollst mir sagen, was Du gegen Herrn Steiger hast. Nenne mir einen vernünftigen Grund.«

»Nun denn —: er war schon einmal verheirathet.«

»Dafür kann er doch nicht.«

»Ich werde nie einen Wittwer heirathen.«

»Aber warum nicht?«

»Warum nicht! Weil ich nicht als Frau an die Stelle treten will, die schon einmal besetzt war, weil ich nicht theilen will, was untheilbar sein soll und nur ungetheilt einen Werth hat, weil ich von dem Manne, dem ich mich mit meinem ganzen Gefühl hingebe, gleiche Hingabe verlange, weil ich nie vergessen könnte, daß eine andere, schon weil sie die erste war, ihm mehr gewesen ist, als ich ihm je werden könnte, und weil ich ewig in Furcht schwebte, von ihm ebenso vergessen zu werden, als jene, — und dann die Kinder!«

»So allerliebste Kinder! Ich spiele gern mit ihnen.«

»Die Kinder jener vergessenen Frau! Ich würde ihnen kein Unrecht thun, aber ich könnte sie nicht lieben, wie ich sollte. Ich würde mir's immer vorwerfen, daß ich sie nicht so liebe.«

»Das ist Aberglauben. Wie ich Dich kenne, würdest Du die beste, treueste Stiefmutter sein.«

»Stiefmutter! Es steckt für mich etwas Naturwidriges in diesem Begriff. Eine Mutter kann gar nicht anders sein, als eine Mutter. Fühlst Du das nicht?«

Frida stand auf und setzte sich auf der Schwester Bett. »Was Du Dir für unnöthige Sorge machst!« sagte sie, ihre feuchte Hand nehmend. »Das hast Du Alles aus den dummen Büchern. Da sieht die Welt ganz anders aus als in Wirklichkeit. Ich bin so viel jünger als Du und weiß das doch schon.«

Agnes wehrte sie ab. »Wir verstehen einander nicht,« murmelte sie. »Und nun lösche das Licht und quäle mich nicht länger. Gute Nacht.«

Frida küßte sie. »Gute Nacht, Du wunderliche Person! Ich werde Deinetwegen gar nicht schlafen können.«

»Ich schlafe schon.«

II

Am anderen Morgen lauerte der Professor noch stundenlang auf einen Wink von Agnes. Da sie aber mit gewohnter Ruhe ihren häuslichen Pflichten nachging und für seine fragenden Blicke und bekümmerten Mienen gar kein Verständniß zu haben schien, mußte er sich endlich doch dazu entschließen, den fatalen Brief zu schreiben.

Er hätte mit wenigen Zeilen Alles sagen können, was in solchem Falle zu sagen war und für den andern Theil Bedeutung hatte. Aber dazu konnte seine Gewissenhaftigkeit und Gründlichkeit sich nicht verstehen. Er beschrieb vier große Seiten und mußte dann noch die Schlußformel an den Rand setzen. Wie sehr er ihn hochschätze und verehre, und wie leid es ihm thue, daß er keine erfreuliche Antwort geben könne, und wie es so schön gewesen wäre, wenn Alles nach Wunsch hätte gehen können, und wie warm er zugeredet habe, und wie nun einmal ein unerklärlicher Eigensinn Agnes völlig blind mache — das Alles bekam Herr Steiger weitläufig zu hören. Und dann Bitten, die nothgedrungene Absage doch nur nicht übel zu nehmen, ihm und seiner Familie die alte Freundschaft zu bewahren, das gute nachbarliche Verhältniß fortzusetzen und sich damit zu trösten, daß Agnes bei all ihren trefflichen Eigenschaften doch wohl nicht die richtige Frau für ihn hätte sein können. Endlich wieder Betheuerungen seiner herzlichsten Ergebenheit, mit der er zeitlebens bleibe sein… u. s. w. Seufzend überlas er den Brief nochmals, seufzend schloß er ihn, seufzend übergab er ihn dem Hausmädchen zum Hinuntertragen.

Und dann blieb er noch lange Zeit in größter Aufregung, immer mit Gedanken darüber beschäftigt, wie der arme Abgewiesene sein Leid tragen werde und wie man ihm über die Verdrießlichkeit am humansten hinweghelfen könne.

Er hatte Mühe, Agnes nicht merken zu lassen, daß er recht ärgerlich auf sie war. Schien es ihr doch gar nicht einmal ein bißchen zu Herzen zu gehen, daß sie den braven Mann gekränkt und den alten Papa in diese arge Verlegenheit gebracht hatte. Er würde ihr doch »mehr Herz« zugetraut haben.

Der Fabrikant ertrug übrigens das Unabwendbare wie ein Held. Der Kummer warf ihn nicht nieder, brachte ihn nicht einmal aus der gewohnten Fassung. Denselben Abend schon klopfte er wieder bei seinem verehrten Miether an und fragte ihn, ob sie zusammen nach der Stadt gehen wollten, ein Glas Bier zu trinken. Waldstätter wußte ihm Dank für diese heroische Selbstbeherrschung. Er selbst konnte sich nicht so leicht den Anschein geben, als ob nichts vorgefallen sei. Er fing wieder mit Versicherungen des Bedauerns an. Aber Herr Steiger schnitt ihm bald das Wort ab. »Ich kenne ja Ihre freundlichen Gesinnungen gegen mich,« sagte er, »und weiß sie zu schätzen; bei einem Schritt, wie ich ihn soeben gethan, ist der Erfolg natürlich immer ungewiß; jedenfalls liegt die Möglichkeit des Mißlingens nicht ferner als die des Gelingens. Ich nehme ein ungewöhnliches Vertrauen in Anspruch. Hätte mir's geschenkt werden können, so wäre das ein Glückszufall gewesen, der mich hoch erfreut haben würde; aber ich durfte nicht auf ihn rechnen und habe deshalb auch kein Recht, mich wegen des Versagens einer schönen Hoffnung zu beklagen. Uebrigens bin ich närrisch genug, sie noch nicht ganz aufzugeben. Fräulein Agnes kennt nun meine Absichten; vielleicht sieht sie mich deshalb mit anderen Augen an, als bisher, und findet zu mir ein Verhältniß, das sich ohne solche Aussprache schwer anbahnen konnte. Wie dem auch sei, wir wollen den Leuten nichts zu reden geben und daher unseren freundnachbarlichen Verkehr in gewohnter Weise fortsetzen, womit Sie sich ja auch schon einverstanden erklärt haben; das Geheimniß zu wahren, darf ich wohl nicht vergeblich bitten. Und so ist's am besten, wir sprechen über die Sache erst wieder, wenn sich die Umstände zu meinen Gunsten geändert haben sollten.«

Diese Auffassung erleichterte den alten Herrn sehr. Jetzt erst recht wendete er alle ehrliche Mühe darauf, seinem verehrten Wirth zu beweisen, daß nichts zwischen ihnen stehe. Der Umgang wurde viel freundschaftlicher als bisher: Herr Steiger fand sich öfters zu einer Tasse Thee ein und lud seine Einwohner Sonntags zu Mittag ein. Da der Spätsommer nochmals warmes Wetter brachte, begegnete man einander auch im Garten und verabredete sogar gemeinsame

Ausfahrten nach dem im alten Walde gelegenen schwarzen See und nach der romantisch gelegenen Walkmühle; bei solchen Vergnüglichkeiten waren auch einige andere Hausfreunde gern betheiligt, so ein junger Kollege Dr. Max Belling und sein Freund, der Gerichtsassessor Funkel, dessen Kommissorium — er vertrat einen erkrankten Richter — sich unerwartet verlängerte. Sie machten den Damen um die Wette den Hof, ohne sich doch in ernstliche Gefahr zu bringen, und waren angenehme, nicht störende Gesellschafter.

Auch Agnes schien das Bedürfniß zu fühlen Herrn Steiger durch ihr Benehmen zu erkennen zu geben, das sie, wenn sie auch seine Hand ausgeschlagen habe, doch gegen ihn durchaus nicht eingenommen sei. Sie ging ihm nicht nur nicht aus dem Wege, wenn er sich ihr freundlich näherte, sondern trat selbst an ihn heran, so oft sich dazu eine schickliche Gelegenheit fand, und ließ sich mit ihm gern in längere Gespräche ein. Dabei zeigte er sich viel belesener und in den schönen Wissenschaften unterrichteter, als sie's vorausgesetzt hatte, allerdings meist ohne wärmere Theilnahme und im Urtheil trocken. Sie wurden mit einander jetzt erst gut bekannt, aber der Professor irrte, wenn er im Stillen daraus den Schluß zog, Steiger könne am Ende doch noch sein Stück durchsetzen. Je mehr die Unbefangenheit, die beide geflissentlich zur Schau stellten, jeden künstlichen Zwang verlor, und je freier und offener sie miteinander verkehrten, um so deutlicher wurde es beiden, daß sie himmelweit verschiedene Menschen seien, die keine innerliche Berührung haben könnten. Wenn Agnes dies sogleich instinktiv gefühlt hatte und ihre erste Annahme jetzt nur bestätigt fand, so machte ihr Verehrer die ihm überraschende Erfahrung, daß er sie sich aus der Entfernung ganz anders vorgestellt hatte, als sie ihm jetzt erschien, und das Verständniß ihrer Eigenart seine Neigung keineswegs zum Wachsen brachte. Ihr geistiges Wesen interessirte ihn, aber es war immer nur das, woran er sich halten sollte, und so verlor ihre körperliche Schönheit den sinnlichen Reiz, den er früher durch das Auge empfangen hatte. Er mußte sich gestehen, daß er den Antrag an den Professor nicht gebracht haben würde, wenn er damals so klug gewesen wäre, wie jetzt; und wenn er auch immer noch überzeugt war, daß die Ehe bei den trefflichen Eigenschaften der jungen Dame eine glückliche hätte werden können, so war er doch innerlich froh, daß sein Wunsch nicht in Erfüllung gehen durfte. Mit unverkennbarer Vorsicht vermied er nun Alles, was als eine Bewerbung hätte gedeutet werden können.

Frida hatte sich im Aerger über den Eigensinn der Schwester sogleich die Aufgabe gestellt, bei Herrn Steiger durch liebenswürdigstes Benehmen gleichsam die unverschuldet empfangene Unbill in Vergessenheit zu bringen. Ihre Bestrebungen begegneten darin denen ihres Vaters, obgleich sie anderer Art waren. Ihre heitere Natur machte ihr's leicht, Mittel und Wege zu finden. Sie brauchte ja nur zu zeigen, daß sie ganz anders sei, als Agnes, um ihm die Vermuthung nahe zu legen, daß sie auch anders denke und empfinde. Wozu in die Tiefen hinabsteigen, wenn das Leben auf der Oberfläche so lustig sein konnte? Wozu immer nach Principien handeln wollen, da doch jeder Fall so viel Besonderes hatte? Wozu das Gute verwerfen, weil es nicht das Bessere war? Sie hätte sich zu einem leichtsinnigen Streich, der ihr und der Familie Schande bringen konnte, nie verleiten lassen, um alles in der Welt nicht! Aber zwischen den rigorosen Anschauungen der Schwester, die ihr Beklemmungen verursachten, und der rigorosen Philistermoral, für die sie kein Verständniß hatte, lag doch das breite Gebiet vom Wohlanständigen bis zum Nichtanstößigen, und hier Hand in Hand, »mit allen vernünftigen Leuten« zu gehen, schien ihr durchaus nicht bedenklich. Sie benutzte jede Gelegenheit, Herrn Steiger zu beweisen, daß sie ihn auch zu diesen zähle und sich in seiner Gesellschaft sehr wohl fühle. Die Munterkeit, mit welcher dies geschah, wirkte ansteckend. Er lachte viel, wenn sie beisammen waren, die ganze Unterhaltung bestand in launigen Bemerkungen, die nur eben für den Augenblick berechnet schienen, und wenn sie einmal eine Weile ernst verhandelten, machten sie sich hinterher um so ausgelassener übereinander lustig. Steiger erkannte sich selbst gar nicht mehr wieder und sagte kopfschüttelnd gleichsam zu seiner Entschuldigung: »Man sollt's gar nicht glauben, was in dem kleinen Frauenzimmer steckt. Man muß mit, ob man will, oder nicht.«

Mit den Kindern tollte sie im Garten und im Flur, wie wenn sie selbst in ihrem Alter wäre. Oder sie erzählte ihnen Märchen und gruselige Geschichten; die beiden Mädchen hielten sie dabei umarmt und küßten sie zum Dank, immer abwechselnd rechts und links, der kleine Junge saß ihr im Schoß und achtete auf die Grimassen, durch die sie die Wirkung erhöhte. Steiger traf die Gruppe öfters. Es fiel ihm nun ein, daß er Agnes nie um die Kinder bemüht gesehen hatte, daß diese immer nur von ihr mit einer Art von ehrfürchtiger Scheu sprachen. »Sie scheinen eine große Kinderfreundin zu fein, Fräulein Frida,« bemerkte er einmal, stehen bleibend.

»Man hat immer seinen köstlichen Spaß mit ihnen,« antwortete sie, »sie können so närrisch ernst und so ernst närrisch sein. Ein unterhaltenderes Spielzeug giebt's gar nicht.«

»Sie helfen ihnen aber auch bei den Schularbeiten, wie ich gesehen habe,« warf er lächelnd ein.

»Ach ja,« sagte sie, »die armen Dinger haben so schrecklich viel Mühe damit, und mir wird's ganz leicht.«

»Geh, Papa, geh!« rief das ältere Mädel ungeduldig hinein, »und störe Fräulein Frida nicht. Die Geschichte wird gerade so schön. — Nun Fräulein? Was that die gute Frau mit dem Kinde, das keine Mutter hatte?«

Er wollte zuhören, aber das wurde nicht erlaubt.

Frida hatte wirklich die Kinder lieb, und die Steigerschen noch mehr als andere. Jetzt zumal schien ihr's in ihrer Gutmüthigkeit, als ob sie verpflichtet wäre, sie für das zu entschädigen, was Agnes ihnen vorenthielt. Es kam ihr nicht in den Sinn, daß sie sich in den Verdacht bringen könnte, selbst durch die Kinder den Vater gewinnen zu wollen. Ueberhaupt war sie himmelweit entfernt von jeder selbstsüchtigen Absicht, oder auch nur von dem Gedanken, daß eine solche möglich sein könnte. Ein harmloseres Gemüth ließ sich gar nicht denken.

Steiger nahm sie denn auch mit aller Unbefangenheit so, wie sie sich gab. Die Eitelkeit verführte ihn nicht, an ein Entgegenkommen zu glauben, das ihn dreist machen sollte. Aber mit der Zeit fing er an zu überlegen, ob es am Ende nicht ein viel geringeres Wagniß gewesen wäre, um Frida's Hand anzuhalten — ein Einfall, auf den er damals gar nicht gekommen war. Sollte es eine von des Professors Töchtern sein, so hatte es ja selbstverständlich nur Agnes sein können! Aber in der richtigen Beleuchtung gesehen, hatte Frida Eigenschaften, die sie für die Aufgabe, an die er dachte, weit geeigneter erscheinen ließ, als die gereiftere Schwester. Gerade ihre große Jugendlichkeit überhob sie vielleicht aller Bedenken und befähigte sie, sich leichter anzupassen. Ihr fröhlicher Sinn hob sie über jede Sorge hinweg. Sie rechnete nicht mit der Zukunft und eignete sich gern alles Erfreuliche an, was die Gegenwart bot. Unzweifelhaft war sie den Kindern gut, und die Kinder hingen an ihr. Es ließ sich doch auch nicht verkennen, daß sie ihm selbst wohl geneigt war, wenn auch natürlich von einem zärtlichen Gefühl nicht die Rede sein konnte. Jedenfalls jetzt noch nicht! Und eine allerliebste kleine Person war sie, viel hübscher als Agnes, wenigstens nach dem landläufigen Geschmack. Das frische Gesichtchen, das kecke Näschen, die Blitzaugen, die rothen Lippen, das prächtige Blondhaar...»eine Sünde ist's wahrlich nicht, sich in so etwas zu vergaffen.«

Anfangs spielte er nur mit dem Gedanken, um ihn sogleich wieder abzuweisen. Das Spiel war aber sehr unterhaltend und wurde deshalb immer von neuem vorgenommen. So ein reizendes gutherziges, junges Weibchen zu haben —! Es dauerte denn auch nicht lange, bis er ernstlich zu erwägen anfing, was ihn denn hindern könne, einer so prickelnden Laune zu folgen. Daß er um Agnes angehalten hatte? Ah! das war ja gar nicht von innen gekommen. Und wollte sie ihn denn? Hatte sie ihn nicht eigentlich etwas schnöde abgewiesen? Und andererseits, wenn es für einen Mann seiner Art verständig schien, den Blick nicht in die Ferne schweifen zu lassen, sondern lieber in der Nähe zu wählen, so paßte dieser Grund so gut auf Frida, als auf Agnes. Noch einen Korb freilich hätte er sich ungern geholt.

Als der Spätsommer unfreundlicher wurde und die Gänge im Garten von gelben Blättern überdeckt lagen, hatte Frida gar kein Bedenken, sich von den Steigerschen Kindern, die am Fenster aufpaßten, wenn sie ausgegangen war, hineinwinken oder aus dem Flur in die Wohnung ziehen zu lassen. Sie kannte bis dahin nur die Gesellschaftsräume mit dem reizenden Gewächshause, das dem Salon angebaut war. Jetzt wurde sie auch durch die anderen Zimmer geführt und durfte Herrn Steigers Arbeitstisch mit allerhand Photographien und Modellen von industriellen Gegenständen, auch das anstoßende Kabinet, in welchem seine Drehbank stand und die merkwürdigsten Instrumente an der Wand hingen, besichtigen. Hier hatte er ein einfaches Feldbett und einen kleinen Waschtisch für sich hinstellen lassen, die eigentliche, sehr hübsch ausgestattete Schlafstube war unbenutzt. Auch da hinein durfte sie einen Blick werfen. Das Haus hatte in der unteren Etage Anbauten, und so war die Steigersche Wohnung viel geräumiger, als die des Professors oben.

Eines Tages kam der Fabrikant zu ungewöhnlicher Zeit nach Hause und überraschte Frida bei solchem Rundgange mit den Kindern. »Da treffe ich's doch einmal glücklich,« sagte er lachend.

»Glauben Sie nur nicht, daß ich neugierig bin,« entschuldigte Frida; »den Kleinen macht's Spaß, mir Alles zu zeigen.«

»Sie schwärmen von Ihnen,« versicherte er, »und haben mich schon nicht wenig zum Neid gereizt. Ich kann auch etwas zeigen.« Er zog einen Schlüssel vor und öffnete einen Schrank mit vielen Fächern und Schiebladen. Es befanden sich darin allerhand hübsche und meist kostbare Sächelchen, die er auf seinen weiten Reisen zusammengebracht hatte. Er war kein planmäßiger Sammler, und so lagerte da ein buntes Allerlei von kleinen Figürchen, geschnittenen Steinen, Metallarbeiten, Schmucksachen, Münzen, Goldstickereien und Spitzen. Manches Stück weckte eine Reiseerinnerung. »Nun kann jedes von euch etwas aussuchen,« sagte er zu den Kindern, »und dem Fräulein zum Andenken schenken.« Das war ein Jubel. Anfangs schien die Wahl leicht, aber dann fand sich noch immer etwas Hübscheres. Die Kleinen hingen an Fridas Augen, ob sie so vielleicht dahinterkommen könnten, was ihr besonders gefiele. Sie merkten aber bald, daß sie absichtlich irre geleitet werden sollten. Endlich hatten sie einen Halsschmuck von Silberfiligran mit angehängtem Medaillon, ein Täschchen von rothem Sammet mit Goldstickerei und eine Gemme in zierlicher Einfassung gewählt.

»Ihr habt einen guten Geschmack,« lobte Frida. »Aber nun thut's nur Alles wieder hinein. Der Papa spaßt nur.«

Das wollte er natürlich nicht gelten lassen. »Sie dürfen die Kinder nicht kränken,« sagte er, »und das geschieht, wenn Sie sich zu stolz zeigen, ihre kleinen Geschenke anzunehmen.«

»Aber ich kann doch unmöglich die schönen Sachen…Nein, nein! Dann darf es sich wirklich nur um Kleinigkeiten handeln.«

»Es handelt sich nur um Kleinigkeiten. Für mich liegen die Sachen ganz werthlos da. Es würde mich aufrichtig freuen, wenn sie Ihnen gefielen.«

»Ach nehmen Sie doch, Fräulein, nehmen Sie doch!« baten die Kinder dringend.

Was sollte sie thun? Sie ließ sich die Kette um den Hals binden, die Gemme anstecken und das Täschchen an den Gürtel hängen. Dann mußte sie sich im Spiegel beschauen, wie hübsch sie aussehe. Sie wurde feuerroth, weil der Papa dabeistand und vergnügt lachte. Sie reichte ihm die kleine weiche Hand und sagte: »Dann kann ich aber gar nicht wiederkommen.«

»Die Kinder möchten Sie am liebsten gar nicht fortlassen,« versicherte er. »Und was mich betrifft…«

Er wollte ihr die Hand küssen, aber sie zog sie eilig zurück.

»Ich bin ja so selten zu Hause,« fuhr er fort, »und verspreche, mich ein andermal anmelden zu lassen. Wär's Ihnen so recht?«

»Gewiß nicht,« antwortete sie. »Wenn ich auch ferner mit Ihren Kindern gute Freundschaft halten soll, müssen Sie durchaus so thun, als ob Sie hier zu Hause wären.«

Er dankte sehr vergnügt für die gütige Erlaubniß.

Es war ihm von guter Bedeutung, daß Frida die Gemme als täglichen Schmuck trug.

Nun wußte er's so einzurichten, daß er sie auch wiederholt »ganz zufällig« traf. Er plauderte gern mit ihr und hatte seine Freude daran, daß sie auch eine kleine Neckerei gut aufnahm und launig zurückgab. Einmal fragte er sie, wie ihm seine Wohnung gefiele. Er wollte auf etwas hinaus, was sie nicht gleich merken sollte. »Die Wohnung ist hübsch und bequem eingerichtet,« antwortete sie, »nur vielleicht etwas zu geräumig für Ihre Bedürfnisse.«

»Können die sich nicht erweitern?«

»Und dann…«

»Nun?«

»Wenn ich ein reicher Mann wäre…«

»Oder eine reiche Frau, das kommt wohl auf eins heraus. Nun, was dann?«

»Die Wände ließe ich nicht so kahl.«

»Sind sie kahl?«

»Ja, die Photographien von Familienangehörigen rechne ich nicht, und die Blätter vom Kunstverein wenig, trotz ihrer prächtigen Rahmen. Auch ein paar Bordbrettchen mit Krügen und Gläsern und Majolikatellern wollen nicht viel bedeuten, die Konsole mit der Stutzuhr, der Chrono-, Baro- und Thermometer natürlich gar nichts. Da müßten schöne Bilder hängen, Oelgemälde und Kupferstiche von berühmten Meistern, jedes ein echtes Kunstwerk.«

»Man sieht sich an dergleichen rasch überdrüssig.«

»Das glaube ich nicht. Im Gegentheil: man sieht sich an *dergleichen* niemals überdrüssig, wenn man einmal wirklich seine Freude daran gehabt hat. Und man hat ja sein so reich eingerichtetes Haus auch für Gäste. Die finden noch immer etwas Neues und fühlen sich in so vornehmer Umgebung selbst vornehmer. In Bildern und Bronzen könnt' ich verschwenden, aus Büchern, wovon Sie auch gerade keinen Ueberfluß haben, mach' ich mir nicht so viel, selbst wenn sie in den schönsten Einbänden prangen. Hat man sie durchgelesen, so stehen sie nun für lange Zeit unberührt; und die da stehen, gehören oft gar nicht einmal zu denen, die wirklich durchgelesen werden, die unterhaltende Lektüre wird bekanntlich aus der Leihbibliothek und dem Journallesezirkel bezogen. Bilder und Kunstsachen hat man aber immer vor Augen, und ich denke mir's hübsch, unter ihnen wandeln zu können.«

Er schmunzelte. »Wie viel würden Sie denn für Ihre Galerie anlegen?«

»Ach! Gewiß viele tausend Thaler.«

»Wie viele?«

»Das weiß ich nicht so genau. Ich würde sie gar nicht zählen.«

»So!«

»Natürlich müßte ich so viel haben, daß ich gar nicht zu zählen brauchte.«

»Zum Glück würde der Raum in der bescheiden bürgerlichen Wohnung bald eine Grenze setzen. Wenn ich Sie nun bäte, die meinige ganz nach Ihrem Geschmack auszuputzen —«

»Ausputzen ist gar nicht das rechte Wort.«

»Nun denn: künstlerisch zu schmücken. Würde ich auf Ihren Beistand rechnen können?«

»Ach —! das würde Sie viel Geld kosten.«

»Auf die Gefahr hin, Fräulein Frida. Nehmen Sie an, das Geld spiele dabei keine Rolle. Es handelt sich ja nur um die kurze Reise in eine Kunststadt, wo man gleich die reichste Auswahl hätte. In vierundzwanzig Stunden könnten Sie mehr angekauft haben, als sich hier unterbringen ließe.«

Sie kicherte mit ihrem feinen Stimmchen. »Ich merke, daß Sie herzlich wenig davon verstehen. Wer wird sich denn so etwas auf einmal zusammenkaufen? Daran muß man das ganze Leben lang sein Vergnügen haben. Heute ein Stück und übers Jahr wieder ein Stück, und immer aufpassen, wo noch etwas fehlt. Zu jedem Geburtstag und Weihnachten müssen Sie sich eines schenken.«

»Oder schenken lassen — noch lieber schenken lassen.«

»Ja, wer sollte —«

»Meine Frau zum Beispiel.«

«Sie haben ja gar keine Frau.«

»Leider.«

Frida blinzelte verlegen. »Ja, wenn ich Ihre Schwägerin geworden wäre, hätte ich guten Rath geben können. Jetzt…«

»Könnten Sie ganz freie Hand haben — wenn Sie wollten.«

«Ich?«

»Sie, ja, ja, ja… Sie brauchen ja nur selbst meine Frau zu werden.«

Sie wurde feuerroth. »Herr Steiger — das hätten Sie nicht sagen sollen.«

»Warum nicht?«

»Mit solchen Dingen muß man nicht scherzen.«

»Aber —«

»Nein, nein! es ist mein voller Ernst, das ist gar nicht hübsch. So ein Kind bin ich doch nicht mehr.«

»Gerade deshalb. So ein alter Knabe wie ich freilich —«

»Ach! zu solchen Spaßen sind Sie auch noch lange nicht alt genug. Und überhaupt...«

»Was meinen Sie?«

»Nichts.«

»Sie sagten doch —«

»Es thut mir schon leid, daß ich das von den kahlen Wänden gesagt habe. Wo sind denn die Kinder geblieben? Denen ist unsere Unterhaltung gewiß langweilig geworden. Adieu, Herr Steiger.«

Er reichte ihr die Hand. »Fräulein Frida — sind Sie mir böse?«

Sie legte flüchtig einen Finger hinein. »Ach nein, aber... Adieu.«

Damit drehte sie sich kurz um und lief fort. Er sah ihr mit blitzenden Augen nach, bis sie die Thüre hinter sich geschlossen hatte. »Na — so ganz unmöglich wär's doch nicht,« murmelte er in den buschigen Bart.

Und dieselben Worte wiederholte er denselben Tag noch hundertmal. Dazwischen immer wieder die Frage: »Sollst Du oder sollst Du nicht?« Gegen Abend endlich war sein Entschluß gefaßt. Er sah den Professor nach Hause kommen, einen Packen Schulhefte unter dem Arm. Eine Viertelstunde später folgte er ihm treppauf.

»Wenn Sie mich heute aus der Thür hinauswerfen,« begann er, »so wär's kein Wunder. Können Sie rathen, weshalb ich zu Ihnen komme?«

Der alte Herr betrachtete ihn kopfschüttelnd. »Sie sehen so aus, als wenn der Grund recht lustig sein müßte,« sagte er.

»Das ist er auch,« bestätigte der Gast. »Denken Sie nur, ich kann mich noch immer nicht damit zufrieden geben, nicht Ihr Schwiegersohn zu werden.«

Nun hüstelte der Professor in die vorgehaltene Hand. »Ja, aber ob meine Agnes jetzt... hm, ja!«

»Sie haben ja zwei Töchter, Herr Professor.«

Er riß die Augen groß auf. »Allerdings — ja — aber... Von Frida kann doch nicht die Rede sein.«

»Warum nicht?«

»Lieber Herr Steiger...« Er war im Augenblick so bestürzt, daß er gar keine Worte fand.

Desto leichter flossen sie dem Gast vom Munde. Für ihn lag Alles fertig. Er sagte ihm, daß er sich über seinen Irrthum völlig klar geworden sei und auf ihn nicht wieder zurückkommen wolle. Die Heirath möge er aber doch nicht aufgeben und in die Ferne nicht schweifen, solange das Gute so nahe liege. Es sei am Ende zu entschuldigen, wenn er das erste Mal fehl gegangen sei; er habe eben die liebenswürdigen Damen zu wenig gekannt und seine Wahl auf allgemeine Erwägungen gestützt, die ja auch im Allgemeinen zutreffend sein mochten, aber für den besonderen Fall nicht gelten konnten. Jetzt habe er das auf sichere Beobachtung gestützte Gefühl, daß Frida die passende Frau für ihn sei und sich ihm auch nicht abgeneigt zeigen werde, wie Agnes.

»Mein lieber Herr Steiger,« antwortete der Professor sehr ernst, »diese rasche Sinnesänderung müßte mich in Erstaunen setzen, wenn ich nicht längst die Ueberzeugung erlangt hätte, daß Sie wirklich recht vorschnell zu Werke gegangen waren, als Sie bei mir um Agnes anhielten, und also keinen tieferen Schmerz zu überwinden hatten. Jetzt aber, verzeihen Sie gütigst, sehe ich Sie noch vorschneller handeln und auf dem besten Wege, eine offenbare Thorheit zu begehen. Lassen Sie mich ausreden. Frida ist noch nicht zwanzig Jahre alt — Sie haben mehr als das doppelte Alter. Frida, erst im vorigen Winter in die Gesellschaft eingeführt, fehlt es noch durchaus an Selbständigkeit des Charakters und der Lebensanschauungen — Sie haben alle Jugendträume weit hinter sich; Frida will lustig ihr Dasein genießen — Sie müssen eine ernste Gesellschafterin für sich, eine erfahrene Erzieherin für Ihre Kinder wünschen; mit einem Wort, Frida ist ein Kiekindiewelt, Sie sind ein Mann. Alles, was mich bestimmte, Agnes gegenüber auf Ihrer Seite zu stehen, bestimmt mich jetzt ebenso entschieden, Sie zu bitten, meine Tochter Frida nicht zu beunruhigen.«

Der Fabrikherr hatte ihm lächelnd zugehört. »Das werde ich doch nicht versprechen können, mein bester Herr Professor,« antwortete er ganz ruhig, »ich habe mir's nun einmal in den Kopf gesetzt, meine zweite Frau von hier oben zu holen, wo ich schon halb und halb zu Hause bin, und will wenigstens von meiner Seite nichts unterlassen, was mich zum gewünschten Ziele führen könnte. Wenn Sie also meine Bitte abschlagen, Fräulein Frida mit meiner Bewerbung bekannt zu machen, so wird mir nichts übrig bleiben, als den Vater zu umgehen und direkt bei der Tochter anzufragen.«

Der Professor fuhr mit allen zehn Fingern in sein graues Haar. »Das könnte ich freilich nicht hindern,« entgegnete er, »mache Sie aber im voraus darauf aufmerksam oder erlaube mir, Sie im voraus freundschaftlich darauf aufmerksam zu machen, daß Frida Sie auslachen wird.«

»Das wäre mir allerdings nicht schmeichelhaft,« meinte Steiger, »aber übel würde ich es ihr nicht nehmen können. So im Augenblick mag's wirklich lächerlich aussehen, und Fräulein Frida lacht gern. Freilich glaube ich nicht, daß damit schon Alles verloren wäre. Wie ich die junge Dame kenne —«

»Sie können meine Tochter doch nicht besser kennen wollen, als ich,« fiel der Professor ein. »Oder haben Sie irgend einen faßbaren Grund zu der Annahme, daß Sie sich diesmal nicht vergeblich bemühen?«

»Das ist Gefühlssache,« antwortete Steiger. »Ich glaube zu wissen, daß Fräulein Frida mich recht gut leiden kann und meine Kinder sehr lieb hat. Ob das freilich schon ausreicht… Ja, das ist meine Hoffnung. Das Einfachste und Klügste wäre, Sie riefen sie sogleich herbei und erlaubten mir, sie in Ihrer Gegenwart zu befragen.«

»Nein, nein, nein!« rief der alte Herr, dem die kahle Stirn feuerroth geworden war. »Das auf keinen Fall. Frida darf nicht überrascht und zu einer übereilten Erklärung genöthigt werden. Sie könnte glauben, daß ich einverstanden. Nein, nein! Bei ihrer Jugend und solchem Unterschied der Jahre… Das kann nichts Verständiges werden. Wenn sie sich wirklich hätte blenden lassen… Nein, lieber Freund, dafür bin ich der Vater. Ich muß durchaus erst ein ernstes Wort unter vier Augen mit ihr reden.«

»Wie Sie wollen,« sagte der beharrliche Freier nach kurzem Bedenken. »Ich kann Ihre Einrede sehr wohl verstehen, und es ist vielleicht für beide Theile gut, daß Fräulein Frida erst einmal von dem Manne, dessen Urtheil sie sicher hochschätzt, alle die Gründe vorgelegt erhält, die gegen diese Verbindung sprechen. Sie wird sich dann nicht darüber beklagen können, daß sie ungewarnt geblieben sei, und ich selbst werde mir keinen Vorwurf zu machen haben, wenn ich Illusionen zu zerstören genöthigt bin. Aber ich sag's Ihnen schon im voraus, daß ich mich diesmal mit Ihrem Brief nicht begnüge, sondern unter allen Umständen Fräulein Frida selbst sprechen will. Von Ihnen, verehrter Herr Professor, verlange ich nichts weiter als die Zusicherung, daß ich Ihnen, wenn Ihre Tochter nichts gegen mich hat, als Schwiegersohn genehm sein würde.«

»Aber das kann ja keinem ernstlichen Zweifel unterliegen,« stotterte der alte Herr, ihm vorsichtig die Hand schüttelnd. »Nur muß ich bitten, Frida mindestens acht Tage Bedenkzeit zu lassen.«

»Sollten nicht drei ausreichen?«

»Nein, acht ist das mindeste, sie darf sich nicht früher binden.«

»Ich füge mich.«

Er verabschiedete sich und ging, keineswegs niedergeschlagen. Dem Professor war er ein Räthsel. Wenn Agnes ihn nicht wollte, wie konnte er sich einbilden, daß Frida… Es kam ihm ganz wunderlich vor, daß er so etwas überhaupt an sie bringen sollte. Wenn sie sich hinter seinem Rücken mit einem Studenten verlobt hätte, es würde ihn kaum überrascht haben. Und sie brauchte ja auch noch gar nicht besorgt zu sein, daß sie sitzen bleiben müßte. Ein so junges Ding, und hübsch und munter…Thorheit, Thorheit.

Er beeilte sich denn auch gar nicht, Frida die sonderbare Nachricht zu bringen, sondern wartete ab, bis sie zufällig in sein Zimmer kam, die Post abzugeben. Er hatte sich inzwischen völlig beruhigt, und sagte dann auch in möglichst gleichgültigem Ton: »Daß ich's nicht vergesse, liebes Kind, Herr Steiger war heute bei mir.«

»Ich sah ihn zu Dir gehen,« antwortete sie. »Und da Du mir's mittheilst, glaube ich auch zu wissen, was er gewollt hat.«

»Nun?« fragte er überrascht.

»Er hat sich erkundigt, ob er mich zur Frau haben konnte.«

»Aber…« Der Professor sah sie mit seinen großen Augen noch mehr verwundert an. »Ich begreife nicht —«

»Ist's richtig so?«

»Ja denn, er hat den närrischen Einfall gehabt.«

»Ich finde den Einfall gar nicht so närrisch, Papa.«

»Frida —«

»Aber so garstig bin ich doch nicht, daß er sich in mich nicht verliebt haben könnte.«

»Verliebt haben! Er will Dich zur Frau.«

»Das ist die ganz natürliche Folge davon.«

»Und Du?«

Sie drehte sich mit gesenktem Köpfchen und von unten her schelmisch lachend auf dem rechten Absatz hin und her.

»Ja ich, ich finde ihn gar nicht so übel.«

Der Alte wiegte ärgerlich den Kopf. »Wie Du über solche Dinge sprichst…«

»Er gewinnt bei näherer Bekanntschaft sehr. Ich habe ihn schon recht lieb gewonnen.«

»Und Du könntest Dir die Möglichkeit denken —«

»Aber warum nicht?«

»Frida, das ist stark! Du bist noch nicht zwanzig Jahre alt.«

»Nächstens ist mein Geburtstag. Andere Mädchen haben sich noch früher verlobt.«

»Als Du geboren wurdest, war er schon ein Mann.«

»Alt ist er trotzdem noch nicht. Und wenn er eine junge Frau hat, wird er sich auch möglichst hüten, alt zu werden.«

»Du scheinst zu spaßen,« sagte der Professor in verweisendem Ton. »Eigentlich« — er hob das Kinn und lächelte verlegen — »ist das freilich auch das Vernünftigste.«

»Aber ich spaße gar nicht, Papa,« antwortete Frida. »Ich denke mir's gar nicht so übel, recht lange eine junge Frau zu bleiben, was die Leute so nennen. Und später gleicht sich ja auch der Unterschied der Jahre mehr und mehr aus.«

»Du willst also wirklich — Herrn Steiger heirathen?«

»Ja, wenn es ihm Ernst damit ist, mich haben zu wollen?«

»Das erlaube ich nicht,« rief der Professor. »Es ist Unsinn. Du hast keine Vorstellung von den Pflichten, die Du übernimmst, von den Entsagungen, die Du Dir auferlegst. Und er… Er kann nicht jugendlich empfinden, wie Du, kann sich Dir in den Ansprüchen ans Leben nicht gleichstellen. Er ist — ich will damit nichts Bestimmtes gesagt haben — ein moderner Geschäftsmann.«

»Wie die Mehrzahl der Männer. Unter den Studirten, die ich kenne, giebt es viele, die in jüngeren Jahren noch viel trockener sind, als er. Pedanterie wenigstens hab' ich an ihm nicht bemerkt. Und daß er's mit einer so jungen Frau wagen will, spricht doch schon für eine gewisse geistige Beweglichkeit.«

»Dummes Zeug,« knurrte der Alte. »Du urtheilst wie ein Kind, dem jede Lebenserfahrung fehlt. Wenn Dich noch irgend etwas zu dieser Partie drängte? Bei Deiner Jugend, denke ich, kannst Du ruhig abwarten, bis sich der Rechte findet.«

Sie gab sich eine recht feierlich-ernste Miene. »Und wer wäre das?« fragte sie. »Lieber Papa, wenn man die Augen ein bißchen offen hat, sieht man auch mit zwanzig Jahren schon ganz gut, wie's in der Welt zugeht. Der Rechte findet sich in den allerseltensten Fällen; die jungen Mädchen lassen sich's nur einbilden, wollen nicht merken, weshalb sie gesucht sind. Und eine arme Professorstochter, die nicht schon die Schönheit und Liebenswürdigkeit selbst ist — auf wen soll die warten? Nähert sich ihr wirklich Einer mit reellen Absichten, so muß er auch schon gar keine Aussicht haben, eine gute Partie zu machen, oder ganz wenig zu bieten haben. Und sich dann jahraus, jahrein so nothdürftig ums liebe Leben plagen — das könnte mich nicht locken.«

Es wollte nicht in den Kopf des alten Schulmannes. So viel »Vernünftigkeit« hätte er nie und nimmer seiner Tochter zugetraut. Sie erschreckte ihn geradezu. »Zu seiner Zeit« hätte sich ein junges Mädchen unmöglich so äußern können; man würde es jeder tieferen Empfindung bar gehalten haben. Zum ersten Mal ging ihm die Erkenntniß auf, daß sich in der jüngsten Generation eine Veränderung der gesammten Anschauungsweise vollzogen haben müsse, zu der er kein, rechtes Verständniß mehr finden konnte. Er fühlte nur dunkel, daß doch wohl ein anderer Maßstab erforderlich sei. Er fragte sich, ob es nicht eine Thorheit wäre, von einer Verbindung abzurathen, die so glänzende Aussichten eröffnete und offenbar von Frida selbst gewünscht wurde; und dann wieder erwachte mit aller Stärke das Pflichtgefühl des Vaters, der das »wahre Glück« seiner Tochter im Auge behalten, für sie denken und handeln mußte. Blieb er doch dafür verantwortlich, wenn sie sich täuschte! Und nun war Steiger für ihn plötzlich ein ganz anderer Mann geworden, als der sich so erfreulich um seine Agnes beworben gehabt hatte.

Mit ihr sprach er in seiner Gewissensnoth. Agnes, die, wenn nicht seinem Herzen, doch seiner Denkweise so viel näher stand, war außer sich — schon darüber, daß dieser Mann so gesinnungslos seine Absichten wechselte, noch viel mehr aber über den Leichtsinn Fridas, eine solche Bewerbung annehmen zu wollen. Sie liebte ihre Schwester und meinte sie von einem Schritt zurückhalten zu müssen, dessen verderbliche Folgen nach ihrer Ueberzeugung unausbleiblich waren. »Aber siehst Du denn nicht,« rief sie ihr zu, »wie grundhäßlich es ist, daß derselbe Mann, der vor wenigen Monaten mich zu lieben behauptete, jetzt der anderen Schwester einen Antrag macht?«

»Das hat er gar nicht behauptet,« entgegnete Frida ruhig.

»Und er behauptet wohl jetzt, daß er *Dich* liebt,« eiferte Agnes.

»Das behauptet er ebensowenig. Jedenfalls hat mir der Vater nichts davon gesagt. Es wäre auch wunderlich.«

Agnes wußte im Augenblick gar nicht, was sie darauf antworten sollte. Endlich faßte sie Fridas Arme mit beiden Händen und schüttelte sie, als ob sie einen Schlafenden wecken wollte. »Aber so mache Dir's doch nur klar, Kind,« bat sie. »Wenn das nun richtig ist —«

»Mein Gott, Du hast ihn ja durchaus nicht gewollt,« fiel Frida ein.

»Das ist doch aber gleichgültig. Er wollte mich! Und jetzt will er Dich. Wenn er nicht ein ganz oberflächlicher Mensch ist...«

Frida zuckte die Schultern. »Ach —!«

»Ich begreife nicht, wie ich einen Mann heirathen könnte, der meiner Schwester seine Hand angeboten hat!«

»Es kommt ja so oft vor, daß die Schwester den früheren Schwager heirathet. Findest Du das so unnatürlich?«

»Ja. Aus Mitleid mit den Kindern, oder... Es giebt da so viel traurige Möglichkeiten.«

»Ist das auch eine davon, wenn sie ihm gut ist?«

»Du willst mir doch nicht einreden, daß Du Herrn Steiger liebst.«

Frida warf das blonde Köpfchen zurück. »Lieben! Das ist so ein Wort.... besonders wie Du's aussprichst! Man denkt immer gleich an Romeo und Julia. So was giebt's auf der Welt gar nicht mehr, oder es hat einen ebenso unglücklichen Ausgang wie damals. Ich habe keine Lust, mit einem Gymnasiasten ins Wasser zu springen — ein Student thut das heute nicht einmal mehr.

Es ist ganz genug, wenn ich einmal aufrichtig sagen kann: ich bin meinem Manne gut. Und es steht ja nichts im Wege, daß ich Herrn Steiger recht gut werde.«

»Noch bist Du's also nicht?«

»Man giebt sich darüber doch so genau nicht Rechenschaft. Jedenfalls so viel, als er vorläufig braucht, um glücklich werden zu können.«

»Frida — Frida! Sich von einem Mann, den man nicht wirklich liebt, umarmen und küssen zu lassen...« Agnes bedeckte mit den Händen das rothglühende Gesicht.

»Wer wird an so etwas denken,« schalt Frida. »Es macht sich gewiß ganz von selbst.«

»Thu's nicht, liebste Schwester,« flehte Agnes, »thu's nicht! Es wird Dich sicher gereuen.«

»Ich glaub's nicht,« antwortete Frida kopfschüttelnd. »Und wenn wirklich mancherlei Enttäuschungen unausbleiblich wären, leid thun würde mir's doch nicht. Ich würde mir dann erst recht alle Mühe geben, das Erfreuliche, das übrig bleibt, herauszufinden, und mich daran zu halten. Ich bin einmal so. Traurigsein ist mir so zuwider, daß ich lieber ohne Grund lustig bin.«

»Dann gestehe nur, das Du Dich durch die äußeren Glücksgüter blenden lassest, die Dir diese Verbindung zuzubringen verspricht,« eiferte Agnes, nun wieder den Ton ändernd. »Es lockt Dich, die Frau eines Mannes zu sein, der für reich gilt. Du liebst ihn nicht, aber deshalb besinnst Du Dich doch nicht lange. Das hätte ich von meiner Schwester nicht für möglich gehalten.«

Frida umarmte sie. »Du brauchst wirklich für mein Seelenheil nicht besorgt zu sein,« sagte sie. »Ich leugne gar nicht, daß ich lieber einen reichen Mann nehme, als einen unbemittelten, und lieber gar keinen, als einen, mit dem ich voraussichtlich nur Noth und Sorgen zu theilen hätte. Man muß sich so weit doch selbst kennen. Aber darauf darfst Du Dich verlassen, daß ich meinem Herzen auch für Millionen keinen Zwang anthun würde. Es widersetzt sich wirklich durchaus nicht.«

»Wie praktisch Du fühlst!« entgegnete Agnes mit Herbigkeit. Sie versuchte nicht weiter auf Fridas Entschlüsse einzuwirken; aber ihre kühle Zurückhaltung gab deutlicher als alle Worte zu erkennen, daß sie mit ihr sehr unzufrieden war.

Frida ließ sich weder dadurch, noch durch die besorgte Miene ihres alten Papas aus der Fassung bringen. Sie vermied es nicht einmal, sich unten wie gewöhnlich den Kindern zu zeigen, und es schien ihr dabei gar kein abschreckender Gedanke zu sein, auch gelegentlich ihrem Vater begegnen zu können. Die Kinder mochten ihm erzählt haben, daß die Tante dagewesen sei. Schon am dritten Tage traf sich's so glücklich, daß er etwas in seiner Wohnung vergessen hatte und dahin vom Comptoir zurückgehen mußte. Es geschah gerade zu der Stunde, in welcher Frida nach den Kindern zu sehen pflegte.

»Das ist aber hübsch,« sagte er, »daß Sie die Kleinen meine Keckheit nicht entgelten lassen.«

»Ich stelle mich auf die Probe,« antwortete sie schalkhaft.

»Wie das?«

»Nun —.« Sie sah fort und schien ein Weilchen zu überlegen, »Sie haben ja doch mit Papa gesprochen.«

»Das habe ich, und ich hoffe —«

»Der Papa ist aber ganz dagegen — natürlich zu meinem Besten. Und was Agnes meint, können Sie sich wohl denken. Ihre Gründe sind auch so gut! Ich soll mir volle acht Tage Bedenkzeit nehmen.«

»Brauchen Sie die?«

»Mein Himmel, wenn so liebe Menschen so gute Gründe haben, kann man ja ganz irre an sich werden. Und jedenfalls...« Sie schob den Zeigefinger der linken Hand zwischen die Lippen.

»Nun —?«

»Jedenfalls kann's gar nichts schaden, wenn ich mich inzwischen ganz ernstlich auf die Probe stelle.«

»Sie meinen — der Kinder wegen?«

»Ja. Ich habe die kleinen Narren sehr lieb gewonnen. Aber ich wußte doch nicht... Sie werden einsehen, daß das ein Unterschied ist.«

»Freilich.«

»Und da ich jetzt doch weiß, was Sie von mir wollen … Es wäre ja dumm, wenn ich mich so stellte, als wüßte ich es nicht. Da kommt's nun darauf an, ob sich bei mir etwas verändert hat.«

»Und hat sich etwas verändert?«

Sie schüttelte den Kopf. »Ich merk's noch nicht. Es sind zu allerliebste Puppen. Aber nun wird mir das wieder bedenklich. Zum Spielen allein sind sie doch nicht da. Und ob ich das rechte Zeug dazu habe, ihnen für eine Respektsperson gelten zu können —«

Steiger lachte laut auf.

»Ist das etwa nicht bedenklich?« schmollte sie.

»Aber wenn Sie nun Alles dazu thun, daß die Kinder Sie lieb haben, folgt daraus der Respekt ganz von selbst.«

»Meinen Sie?«

Er blinzelte vergnügt. »Wenn Sie also darüber ganz beruhigt sein können, Fräulein Frida —«

»Ja, darüber. Aber das ist nicht das Einzige.«

»O weh!«

»Ich hatte ganz vergessen, wie Sie eigentlich aussehen. Oder vielmehr, ich hatte Sie *darauf* noch gar nicht angesehen. Und nachher hätt' ich doch sehr überrascht sein können. Das wäre Ihnen gewiß nicht lieb gewesen. Da hoffte ich denn, ich würde in diesen acht Tagen Gelegenheit haben —«

»Mich nochmals in Augenschein zu nehmen?«

Sie nickte, die Wimpern senkend. »Ja, Deshalb ist es recht gut, daß Sie gekommen sind.«

»Und was für Entdeckungen haben Sie nun gemacht, wenn ich fragen darf?«

»Das dürfen Sie nicht fragen. Für vierzig hält man Sie gewiß.«

»Ich bin sogar —«

»St! Das müssen Sie doch nicht zum Fenster hinausrufen. Uebrigens — es entscheidet auch nicht für sich selbst. Erst wenn zwei nebeneinander … nicht wahr? Und sich selbst kann man doch nicht sehen.«

Er verstand sie, faßte ihre Hand und zog sie, ohne daß sie noch merkte, was er vorhatte, nach dem großen Spiegel hin. Dort stellte er sich dicht neben sie und sagte: »Nun blicken Sie einmal da hinein. Jetzt können Sie auch vergleichen. Es ist ein Wagniß, das weiß ich wohl, Sie so herauszufordern. Aber Sie sollen mir nicht vorwerfen dürfen, daß ich eine Täuschung begünstigt habe. Nun?« Er legte ihren Arm in den seinen. »Wenn wir Beide so — bei den guten Freunden und Freundinnen in der Stadt unsere Visite machen *sollten* — es steht ja noch Alles dahin! würden Sie sich des alten Knaben zu schämen haben?«

Frida sah ohne alle Verlegenheit in den Spiegel, als ob da ein ganz fremdes Paar zu mustern wäre. Es schien ihr sehr spaßig, sich's auszudenken, was Anna und Toni und Gertrud sagen würden. Ihr ganzes Gesicht lachte zuletzt, und lachend antwortete sie: »Na — ganz so schlimm ist's wirklich nicht. Und der Frack und die weiße Binde thun doch auch noch etwas hinzu. Ich selbst, wissen Sie, werde immer häßlicher, je mehr ich mich ausputze.«

Sie warf schnell einen Blick noch in den Spiegel. Und da bemerkte sie, daß er sie so ganz eigen ansah. Und gleich darauf fühlte sie sich umarmt und stürmisch geküßt. Sie wußte nicht, was ihr geschah, und widerstrebte auch nicht. Und als er sie nun plötzlich losließ und wie erschreckt über seine Kühnheit zurücktrat, schoß ihr das Blut ins Gesicht. »Aber, Herr Steiger —« rief sie, »ich habe doch acht Tage Bedenkzeit —!«

»Verzeihen Sie,« bat er, »verzeihen Sie, mein verehrtes Fräulein. Es kam nur so … Sie sehen mich ganz verwirrt. Aber da nun doch einmal das Unglück geschehen ist —«

»Nennen Sie das ein Unglück?«

»Haben Sie Mitleid mit mir! Wie wär's, wenn wir gleich jetzt zu Ihrem Herrn Papa gingen und —«

»Nein, nein! Es bleibt bei den acht Tagen. Und zu den Kindern herunter komme ich indessen auch nicht mehr, darauf können Sie sich verlassen.«

»Frida —!«

»Leben Sie wohl, mein Herr!«

Sie sagte das mit so komisch feierlichem Ernst, daß er wieder lachen mußte. Er folgte ihr bis zur Thür, durch die sie eiligst schlüpfte, als ob sie fürchtete gegriffen zu werden. Und dann lief sie die Treppe hinauf. Sie war in sehr vergnügter Stimmung. So ganz philisterhaft bewarb er sich also doch nicht um sie. Er konnte auch dreist sein, und das gefiel ihr. Wenn er auch da stocksteif neben ihr stehen geblieben wäre...! Nun wußte sie doch, was sie von ihm zu halten hätte.

Der Fabrikant aber glaubte nun nicht weniger zu wissen, woran er sei. Er meinte, es sei ihm nicht verwehrt, in der Wartezeit oben anzuklopfen. Und er klopfte denn auch gleich an demselben Abend und darauf an jedem folgenden Abend an. Zuerst verhielt der Professor sich etwas steif; bald aber kam er zu der Erkenntniß, daß sein Widerspruch doch machtlos sein werde, und fand nun Steigers Bemühungen sogar recht löblich. Die acht Tage waren noch nicht ganz um, als er selbst Frida schon um eine endgültige Entscheidung bat. Es habe ja doch keinen Sinn, länger zu warten, da sie entschlossen scheine. Aber nun meinte sie: »Nein, nein! Es ist einmal so abgemacht und soll nicht geändert werden. Er könnte sich sonst noch etwas einbilden! Und künftig würde es vielleicht heißen: ich hätte mich doch noch anders besinnen können. Mir eilt's nicht so sehr.«

Agnes versuchte nicht noch einmal, durch Vorstellungen auf sie einzuwirken. Wie Frida sich ausgesprochen hatte, mochte sie die Nutzlosigkeit eingesehen haben. Aber sie fügte sich auch nicht. Ihre ganze Haltung ließ erkennen, daß die Schwester in ihrer Schätzung eine schwere Einbuße erlitten hatte, die das freundschaftliche Verhältniß beeinträchtigen mußte. Frida war für sie in den weiten Kreis der jungen Mädchen getreten, die keine Herzensideale kennen, oder sie jedes annehmbaren Antrags wegen verleugnen. Dafür gab es denn nur ein abwehrendes Achselzucken, ein hochmüthiges Lächeln. Frida ließ sich dadurch nicht um ihre Munterkeit bringen. Das müsse seine Zeit haben, dachte sie bei sich.

Als dann die Frist abgelaufen war, sagte sie zu ihrem Vater: »Ich weiß jetzt wenigstens so viel, daß ich nicht dümmer sein werde, wenn ich auch noch acht Tage vergehen lasse. Zu schwärmerischer Leidenschaft bringe ich es nicht; die wird aber auch nicht erwartet und wäre vielleicht recht unbequem. Was ich für ihn übrig habe, wird ihm genügen, und ich bekomme einen sehr braven Mann, der ziemlich närrisch in mich verliebt ist. Ich hab's über allen Zweifel. Schreibe ihm also, daß Du mit schwerem Herzen Deine Einwilligung giebst. Den Brief will ich aber lesen.«

Dem Professor war das Herz gar nicht mehr schwer; das wußte Frida recht gut. Er war froh, seine Pflicht gethan zu haben, aber jetzt schon auch ebenso froh, daß sein Töchterchen sich diese gute Partie nicht entgehen ließ. Der Brief war diesmal recht kurz: »Frida ist Ihnen nicht abgeneigt — kommen Sie — Sie sollen uns willkommen sein.«

»Was soll man da noch schöne Redensarten drechseln?« sagte er. »Die einfachsten Worte sind die besten.«

»Das ist auch meine Meinung, Papa,« antwortete sie. »Will man etwas, so muß man ohne Rückhalt wollen. Es ist Dir doch auch eigentlich ganz recht.«

Er gab ihr einen Kuß. »Schickst Du das Mädchen gleich?«

»Nein, Papa, ich bringe den Brief selbst hinunter.«

»Du?«

»Ja, die Kinder warten gewiß schon lange auf mich, und ich will sie erst wieder begütigen. Das ist nun das Wichtigste, wie ich mit den Kindern stehe. Ich werde sie fragen, ob sie mich zur Mama haben wollen; und wenn sie damit einverstanden sind, sollen sie selbst dem Papa den Brief abgeben.«

»Aber wenn er zu Hause ist —«

»Ich verspreche Dir, daß er mir den zweiten Kuß erst feierlich in Deiner Gegenwart geben soll.«

»Den zweiten?«

»Ja — den ersten hat er sich schon vorweg genommen, der Bösewicht. Ich habe auch meine kleine Liebesgeschichte gehabt. Die erzähle ich Dir aber ein andermal.« Sie hielt den Brief vor die Augen und kicherte. »Ganz so prosaisch, wie Agnes denkt, werden wir doch nicht ein Paar.«

Nach einer Viertelstunde kam sie zurück und brachte gleich »ihren künftigen Herrn Gemahl« und die drei Kinder mit. »Er heißt Theodor,« sagte sie lachend, »das wußte ich gar nicht. Wir haben ihn nur immer Herr Steiger genannt,«

Die Verlobung wurde bei einem Glase Wein gefeiert. Am nächsten Morgen schon sollte sie in der Zeitung stehen.

III

Nun war auch gar kein Grund, die Hochzeit lange hinauszuschieben. Steiger hatte seine Wohnung so gut und vollständig eingerichtet, daß es nur der geringsten Neuanschaffungen bedurfte — einige Bilder zum Schmuck der Wände des Salons wollte man auf der Hochzeitsreise einkaufen, für die ein längerer Aufenthalt in Florenz geplant war. Agnes freilich äußerte sich auch hier wieder in ihrer Weise unzufrieden. »Wenn ich an Deiner Stelle wäre,« sagte sie zu Frida, »so würde ich darauf dringen, daß die Wohnung in allen ihren Theilen völlig neu möbliert würde. Was Du jetzt da vorfindest, ist die Ausstattung Deiner Vorgängerin. In dieser Umgebung lebte sie und wird sie sich ihrem Manne immer wieder in lebhafte Erinnerung bringen. Ich als die zweite Frau würde mir darin wie eine Fremde vorkommen, und in meinem Hause müßte ich doch zu Hause sein.«

»So eifersüchtig bin ich gar nicht,« entgegnete Frida.

»Eifersüchtig!« rief Agnes. »Es ist nicht das. Aber die Vergangenheit müßte doch abgeschlossen sein, nicht fortwährend in das Alltägliche der Gegenwart hineinspuken. Gerade ins Alltägliche nicht!«

»Wie Du das nun wieder nimmst!« sagte Frida. »Theodor machte sich über so etwas gar keine Gedanken — er hat mehr zu thun. Es wäre ja auch die tollste Verschwendung, die schönen, noch fast neuen Möbel zu verwerfen, die mir bisher so gut gefallen haben.«

»Steiger ist reich genug, seiner jungen Frau den Luxus einer gemüthlichen Wohnung verschaffen zu können.«

»Aber er würde gleich merken, das komme nicht von mir, wenn ich ihn darum bäte. Es ist mir wirklich gar nicht eingefallen, daß die Gemütlichkeit von den Möbeln abhängen könnte. Aergert mich etwas, so ist mir jede Sofaecke gleich verdrießlich, und bin ich lustig, so sehe ich über alle Dinge hinweg. Schließlich gehört Jedem doch, was er sich aneignet. Darauf lass' ich's ankommen.«

Die Meinungen der Schwester gingen auch in anderer Hinsicht auseinander. Agnes konnte sich nach den Umständen nur eine stille Hochzeit im engsten Freundeskreise denken, wozu des Professors Wohnung ausreichend Raum bot, auch wenn seine Bücherschränke unangetastet blieben. Frida wünschte, ehe der Ernst des Lebens sie packte, sich noch einmal recht austollen zu können. Nach ihrem Wunsche sollte das Fest im großen Casinosaal gefeiert und Alles dabei betheiligt werden, was in der Stadt und Umgegend zur guten Gesellschaft gehörte. Ein lustiger Polterabend dürfte nicht fehlen, und es müßten dabei Aufführungen veranstaltet werden, lebende Bilder, Schwänke, Tänze. »Nur nichts Rührendes,« bat sie. »Ich will bei meiner Hochzeit auch nicht eine einzige Thräne weinen. Theodor soll einmal beweisen, daß er noch ein junger Mann ist und sein Vergnügen an dergleichen scherzhaften Veranstaltungen hat. Ich werde ihn mir schon erziehen! In unserem Hause soll künftig kein Kloster sein, das hat er mir versprochen. Es ist doch für ihn Zeit genug, daß er das Leben genießen lernt!«

Natürlich ging's nach ihrem Willen, und die ganze Stadt kam schon viele Wochen vor dem bestimmten Tage in fieberhafte Aufregung. Nun durfte auch Agnes sich nicht zurückziehen, wenn sie nicht zu falschen Auslegungen Anlaß geben wollte. Sie mußte den Vorsitz im Festcomitee übernehmen. Die practische Leitung lag dem Gymnasiallehrer Dr. Belling ob, der sich auch sonst schon als maître de plaisir bewährt hatte.

Er sah sich nach Hülfskräften um und fand bald den trefflichsten Berather in dem Regisseur des Theaters, das im Winter abwechselnd in den Provinzialstädten spielte und jetzt gerade hier Vorstellungen veranstaltete. Die Wandertruppe leistete nichts Hervorragendes, begnügte sich aber nicht mit Lustspielen und Possen, sondern verstieg sich sogar zum klassischen Drama Goethes, Schillers und Shakespeares, was man dem »gebildeten Publikum« der Gymnasialstadt schuldig zu sein glaubte. Dekorationen und Requisiten waren freilich ganz unzureichend, die Kostüme ärmlich und die meisten Spieler verbrauchte Kunstgenossen oder »blutige« Anfänger.

Aber sie widmeten sich gerade diesen weit über ihre Kräfte gehenden Aufgaben mit leidenschaft-
lichem Eifer und ernteten bei dem wenig verwöhnten Publikum, besonders bei der Jugend, immer reichen Beifall. Der Regisseur Franz Ortler war noch ein sehr junger Mann, überragte aber
als Helden- und Charakterspieler die übrigen Mitglieder der Truppe weit und wußte sich das
Ansehen eines genialen Künstlers zu geben. Er war groß und schlank, etwas auffallend, aber nie
geschmacklos gekleidet, hatte ein ausdrucksvolles Gesicht mit lebhaft glänzenden Augen, ein
klangvolles Organ und eine sichere Haltung, bewies auch im gesellschaftlichen Umgang gute
Manieren. Es fehlte ihm nicht an Einladungen in die besten Häuser, und wenn er seine bürgerlichen Bekanntschaften auch mitunter zu kleinen Anleihen heranzog, die selten zurückerstattet
wurden, so war man gegen seine geniale Vergeßlichkeit doch nachsichtig und hielt sich durch
den Verkehr mit dem talentvollen Künstler geehrt, dem die Kunst trotz der »höchsten Gage«,
die er von der Direktion bezog, so wenig auskömmlich lohnte.

Dr. Belling, ein großer Theaterfreund, saß jeden Abend nach der Vorstellung mit ihm im
Rathskeller, ließ sich angenehm unterhalten und bezahlte für ihn gewöhnlich die Zeche. So
brauchte er nicht bedenklich zu sein, ihn jetzt um die Gefälligkeit zu bitten, die Regie des
Polterabends übernehmen zu wollen. »Es ist das ein Freundschaftsdienst, den Sie mir leisten,«
sagte er. »Damit ist nicht ausgeschlossen, daß man sich Ihnen für Ihre Mühewaltung erkennt-
lich erweist —«

»Ach, reden wir nicht davon,« fiel der Schauspieler, in seine Cigarrentasche greifend, ein. »Es
ist mir ja eine besondere Ehre, zur Mitwirkung bei diesem Feste herangezogen zu werden, von
dem die ganze Stadt spricht. Es bleibt allerdings für einen Künstler stets ein hartes Stück Arbeit,
Dilettanten zu drillen, aber die gute Gesellschaft, in der man sich dabei bewegt, entschädigt
dafür. Herr Steiger ist ein sehr reicher Mann, nicht wahr?«

»Er gilt dafür, und ich zweifle nicht, daß er auch ohne kontraktliche Verpflichtung —«

»Aber lassen wir das doch, ich bitte. Meine freie Zeit steht zu Diensten. Unterrichten Sie
mich nur, was ich zunächst zu thun habe, Ihren Wünschen zu entsprechen.«

Dr. Belling drückte ihm die Hand. »Es wird nöthig sein,« sagte er, »daß Sie im Hause des
Professors Waldstätter einen Besuch abstatten. Seine ältere Tochter ist gewissermaßen die Eh-
ren-Präsidentin unseres Comitees. Sie werden da eine nicht gewöhnliche junge Dame kennen
lernen, die auch in der Bühnenlitteratur sehr belesen ist und Sie, wie ich weiß, in Ihren großen
Rollen schon oft bewundert hat.«

»So — so — so...« Die Schmeichelei verfehlte ihre Wirkung nicht. »Hübsch?«

»Nun... Fräulein Agnes hat sehr schöne Augen. Ein etwas strenger Zug ihres ganzen Wesens
prägt sich freilich auch auf dem Gesicht aus; wenn sie sich aber für einen Gesprächsgegenstand
lebhaft erwärmt, muthet sie nicht wenig an. Für mich hat sie etwas Iphigenienhaftes, etwas...«

»Das Fräulein hat's Ihnen angethan, Doctor!« rief Ortler.

»Ach —! Ich gestehe, daß ich mich eine geraume Weile mit dem Gedanken getragen habe...« Er seufzte. »Es war doch nichts. Professor Waldstätter ist ganz ohne Vermögen, ich habe
nur mein schmales Gehalt, und bei den Ansprüchen, welche heut die Gesellschaft an einen
verheiratheten Mann meines Standes stellt... rein unmöglich.«

»Ja, der Idealismus ist aus der Welt! Wir Schauspieler sind vielleicht noch die letzten, die
seine Fahne hochhalten.«

»Ihr habt das schöne Vorrecht, leichtsinnig sein zu dürfen. — Also morgen, lieber Ortler?«

»Morgen — gewiß! Ich brenne darauf, meine schon jetzt hochgeschätzte Verehrerin persönlich können zu lernen.« Er stand auf und nahm seinen Ueberzieher vom Haken. »Aber da fällt
mir ein... Fatal!«

»Na?«

»Doctor, ich bin in der grimmigsten Verlegenheit. Mein neuer Frack... ich glaubte ihn bis
zum Ersten nicht zu brauchen, spiele bis dahin in lauter Tricotrollen. Wie lange ist's denn noch
bis zum Ersten?«

»Fünf Tage.«

»Fünf Tage! Wahrhaftig, der Monat gehört zu den langweiligen mit einunddreißig. Ja, dann wird Fräulein Waldstätter warten müssen —«

»Unmöglich! Die Zeit drängt.«

»Sie sehen mich untröstlich, lieber Doctor. Aber was kann ich thun? Ich habe mir für den Karl Moor eine neue Lockenperrücke bauen lassen — Perrücken entnehme ich nicht gern aus der Garderobe, wissen Sie — und ich brauchte das Ding früher, als ich bezahlen konnte. Der Philister von Friseur wollte sein übrigens wirklich elegantes Machwerk nicht anders herausgeben, und so blieb mir nichts übrig, als bis zum Ersten den überflüssigen Frack zu versetzen. Finden Sie das nicht rationell?«

»Durchaus. Um welche Summe handelt es sich denn?«

»Lumpige zwanzig Mark — sagen wir fünfundzwanzig.«

Dr. Belling wog in der Hosentasche sein Portemonnaie. »Ich bin auch nur noch schwach bei Kasse,« murmelte er vor sich hin, »aber wenn fünfundzwanzig Mark den Frack freimachen —«

Der Regisseur griff zu, »Sie sind sehr liebenswürdig, Doctor. Es ist ja nur, um Ihnen nach Wunsch gefällig sein zu können. Bis zum ersten...« Er nahm das Geld und ließ es in seine Westentasche gleiten. »Wollen Sie einen Schuldschein?«

»Danke, danke.«

»Gut denn. Aber mahnen Sie mich, wenn ich's vergessen sollte.«

»Schon gut.«

»Also ewig dankbar, lieber Doctor. Morgen!«

Sie trennten sich auf der Straße. Ortler hoffte noch ein paar Collegen in einem obscuren Kneipchen anzutreffen, mit denen er etwas Notwendiges zu verabreden hätte. —

Am andern Vormittag gleich nach der Probe, wanderte er wirklich nach dem Steigerschen Hause vor der Stadt hinaus. Er hatte es nun doch schicklicher gefunden, die Visite im Ueberrock zu machen. Freilich in weißer Binde und blaßlila Handschuhen, die untadelig saßen.

Er war durch ein Billet des Doctors angemeldet und wurde im Putzzimmer von Agnes empfangen. Wenige Minuten darauf trat auch der Professor ein, der eiligst seinen Schlafrock abgeworfen hatte. Die nähere Beziehung zu einem Schauspieler war ihm nicht ganz lieb gewesen; er fand sich nun aber mit guter Manier in das Unvermeidliche.

»Es ist sehr gütig,« sagte Agnes, »daß Sie uns Ihre Unterstützung nicht vorenthalten wollen. Ein Vergnügen kann es ja für Sie nicht sein, sich mit solchen Lappalien zu beschäftigen.«

»O, mein gnädiges Fräulein, ich werde die Stunden, die mir Ihnen zu widmen vergönnt sind, als eine Erholung von oft recht unerquicklicher Arbeit betrachten,« versicherte er. »Ja, wenn ich nur Schauspieler wäre! Aber das Amt eines Regisseurs, zumal bei einer reisenden Truppe, legt schulmeisterliche Verbindlichkeiten der kleinlichsten Art auf, die so oft des echten Künstlers Spannkraft lähmen. Sie kennen auch unser Repertoire. Was müssen wir nicht bringen, um den großen Haufen heranzuziehen! Wirkliche Lappalien, handwerkermäßig eingeübt und dargestellt.«

»Und doch muß ich Ihnen gestehen,« antwortete Agnes, »daß ich noch immer lieber ein Stück von den schlechtesten Komödianten, als von den talentvollsten Dilettanten aufgeführt sehe. Es ist da doch stets ein reelles Können vorhanden, hier nur der gute Wille, und mit dem ist in der Kunst recht wenig anzufangen, bin ich überzeugt.«

»Aber Dilettanten sind doch meist wenigstens gebildete Leute,« mischte sich der Professor ein.

»Das gerade macht mir, der ich mich dazu zählen darf, die Beschäftigung mit ihnen zu einer Annehmlichkeit,« sagte Ortler, sich verbeugend. »Sie begreifen so leicht, und man verkehrt mit ihnen in den Formen der guten Gesellschaft, die in der Theaterwelt nicht gesucht werden dürfen. Uebrigens muß ich dem gnädigen Fräulein ganz recht geben — der Kunstgenuß pflegt bei Dilettantenvorstellungen selten so groß zu sein, als die Nachsicht, mit der sie von dem geladenen Publikum aufgenommen werden.«

»Diese Nachsicht ärgert mich eben,« versetzte Agnes, auf ihrem Sessel ein wenig vorrückend, »Es ist, als ob dem lieben Nächsten jeder kritische Verstand abhanden gekommen wäre, zumal den Müttern der mitwirkenden Töchter.«

»Aber Agnes —!« rief der Professor.

»Der Herr Regisseur soll wenigstens nicht glauben, daß es sich hier um eine Passion von mir handelt,« fuhr sie eifrig fort. »Ich habe viel zu viel Achtung vor der Kunst, um solchen Spielereien Geschmack abgewinnen zu können. Es ist der Wunsch meiner Schwester, einen lustigen Polterabend zu haben, darum bin ich gern mitthätig und jedem dankbar, der zum Gelingen beiträgt, aber principiell halte ich an meiner Ansicht fest.«

»Du nimmst die Sache doch zu ernst,« sagte der alte Herr.

»Kann man eine Sache zu ernst nehmen?« fragte sie zurück. »Auch unseren Polterabend wollen wir nun so ernst nehmen, als irgend möglich,« wendete sie sich wieder an Ortler. »Was man thut, muß man ganz thun; das ist man sich selbst schuldig. Nun aber für heut genug davon! Erzählen Sie uns, mit welcher neuen Aufgabe für Ihre Bühne Sie beschäftigt sind. Ich interessire mich lebhaft dafür.«

Er gab Auskunft. Man wollte es nächstens mit »Hamlet« wagen, auch er studirte die schwierige Rolle. »Da kann ich Ihnen die beste Literatur zur Verfügung stellen,« sagte Agnes, »des Papas Bibliothek enthält sie ziemlich vollständig.«

»Und Sie haben diese Werke alle gelesen, mein Fräulein?«

»Gewiß. Das einzelne Buch ist in diesem Falle nichts. Kaum über ein zweites Drama gehen die Meinungen der Sachverständigen so auseinander. Man muß sie vergleichen, um selbst zu einem Urtheil zu gelangen.«

»Und darf ich mir das Ihrige über meine Rolle ausbitten?« fragte der Schauspieler verbindlich. »Es hilft mir wahrscheinlich über ein weitläufiges Bücherstudium hinweg.«

Das Gespräch setzte sich weit über die übliche Visitenzeit hinaus fort. Ortler vertheidigte das Recht des Schauspielers, seine Figuren mehr aus dem Temperament, als aus dem grübelnden Verstande heraus zu gestalten; er empfange bei der Lektüre ein ideales Bild, das er nur zu verkörpern bemüht sei; warum es ihm gerade so vor Augen stehe, könne er schwer erklären. Der Professor legte der kritischen Angliederung des Einzelnen an das Ganze die größte Bedeutung bei und wurde ungewöhnlich lebhaft.

»Ich bin auf Ihren Hamlet sehr begierig,« versicherte Agnes.

»Er wird Ihnen nicht genügen,« meinte er.

»Weshalb nicht?«

»Weil Sie eine vorgefaßte Meinung mitbringen werden.«

»O, ich werde mich bemühen, eine so naive Zuschauerin zu sein, wie irgend ein Dienstmädchen auf der Galerie,« rief sie lachend.

Der Regisseur erhob sich. »Wenn Sie das vermögen, mein gnädiges Fräulein, so werde ich doppelten Respekt vor Ihrem Urtheil haben.«

Er trat nahe an sie heran und küßte ihr die Hand. Das ließ sie geschehen, obgleich eine solche Verabschiedung nach dem ersten Besuch sonst nicht üblich war. Dem Schauspieler durfte allerdings eine gewisse Freiheit des Benehmens nachgesehen werden.

Als er sich entfernt hatte, fing ihr das Gesicht zu glühen an. Sie mußte sich gestehen, daß sie sich lange nicht so angeregt unterhalten habe. Der Professor meinte, dieser Schauspieler scheine ein »wirklich gebildeter Mensch« zu sein. Zufällig kam ihm seine Karte wieder in die Hand. »Sieh doch einmal, da steht —« sagte er verwundert. Es stand auf der Karte: »Franz Ortler, Lieutnant a. D., Regisseur« und so weiter.

»Lieutnant!«

»Natürlich außer Diensten. Aber er muß doch seinen Abschied in Ehren erhalten haben, da er sich öffentlich so nennen darf.«

»Weshalb wolltest Du daran zweifeln, Papa?«

»Hm — wenn ein Officier Schauspieler wird...«

»In Deinen Augen scheint der Lieutnant zum Künstler hinabzusteigen.«

»Ja, gesellschaftlich…Und wenn er noch bei einem großen Hoftheater engagirt wäre!«

»Er ist ja noch jung.«

»Sehr jung. Dann sollte er aber doch vorläufig seinen früheren Stand nicht so augenfällig in Erinnerung bringen. Lieutnant und Regisseur bei einer reisenden Truppe — es paßt mir nicht recht zusammen.«

Agnes meinte, es spreche sich da ein Vorurtheil aus, das leider in bürgerlichen Kreisen gewöhnlich sei, wo man das Talent nicht genügend zu schätzen wisse.

Als Ortler sehr bald seinen Besuch wiederholte, um der »verehrten Präsidentin des Fest-Comitees« bestimmte Vorschläge zu unterbreiten, titulirte der Professor ihn »Herr Lieutnant.« Als dies ein paarmal, vielleicht etwas auffällig, geschehen war, sagte er lächelnd: »Ich bitte hinzuzufügen: außer Diensten! Es mag Ihnen närrisch vorkommen, daß ich's auf meine Karte drucken lasse. Aber ich darf Sie versichern, daß nicht die Eitelkeit mich dazu verführt: der Lieutnant a. D. hat mir eine stark practische Bedeutung sowohl dem leichten Völkchen gegenüber, dessen Gebieter ich jetzt bin, als zur Stärkung meines Ansehens in gewissen Regionen des Publikums unten und oben, mit denen ich geschäftlich oder gesellschaftlich in Berührung trete. Hier, hoffe ich, komme ich auch ohne einen solchen Hinweis auf meine Jugenderinnerungen aus.«

»Sie können noch nicht lange hinter Ihnen liegen,« schmunzelte der Alte.

»Etwa drei Jahre,« antwortete der Regisseur. »So lange bin ich auch bei der Bühne. Mein Vater ist Subalternbeamter beim Gericht. Es war sein dringender Wunsch, daß ich studiren und Richter werden sollte. So schwer es ihm bei seinem kleinen Gehalt wurde, ließ er mich das Gymnasium besuchen. Ich schwärmte aber nur für das Theater und bereitete ihm und der guten Mutter durch diese ihnen unverständliche Leidenschaft viel Sorgen. Als ich es bis zur Prima gebracht, stockten Fleiß und Aufmerksamkeit gänzlich. Die Lehrer versicherten, ich hätte nicht die mindeste Anlage zu einem gelehrten Beruf, würde wahrscheinlich nie das Abgangszeugniß für die Universität erhalten. Was nun thun? Zur Bühne wollten mich die Eltern unter keinen Umständen gehen lassen. Um nur von der Schule fortzukommen, entschied ich mich für den Soldatenstand. Die Uniform lockte mich, die doch so etwas wie ein Kostüm war. Eine Fähnrichspresse half mir durch's Examen, und nach der vorgeschriebenen Zeit wurde ich auch Officier. Das kostete freilich meinem Vater viel Geld, und doch hätte ich mit seinen Zuschüssen nur bei äußerster Sparsamkeit durchkommen können, zu der ich leider gar keine Anlage mitbrachte. Meine geselligen Talente machten mich bei den Kameraden und Vorgesetzten beliebt, so daß mir manche kleine Unregelmäßigkeit im Dienst nachgesehen wurde, brachten mich aber auch in Umgangskreise, denen ich finanziell durchaus nicht gewachsen war. Ohne gerade verschwenderisch zu leben, gerieth ich doch bald in Schulden, die sehr drückend wurden. Sie hätten mich wahrscheinlich zum Verzicht genöthigt, wenn nicht ein anderer Umstand…Doch ich langweile Sie.«

»Durchaus nicht,« versicherte die junge Dame.

»In der Hauptstadt, wo mein Regiment stand, hatte ich vollauf Gelegenheit, mich mit dem Theater zu beschäftigen. Nicht nur, daß ich keine irgend wichtige Vorstellung versäumte, auch hinter den Coulissen wußte ich mir Zutritt zu verschaffen, und der Oberregisseur nahm das freundlichste Interesse an mir, nachdem er mich ein paar Monologe hatte sprechen hören. So wuchs nun mein leidenschaftlicher Eifer, mich der Bühne zu widmen, zu solcher Höhe, daß ich bald gänzlich den Blick für das in meinen Verhältnissen Mögliche und Zulässige verlor. Als Schauspieler aufzutreten, vorläufig nur in der allerkleinsten Rolle, schwebte mir fortwährend als ein großes Glück vor Augen. Meinem Freunde und Gönner lag ich mit diesem Wunsche täglich in den Ohren. Er wies mich anfangs mit Entschiedenheit ab, warnte dann eindringlich — Alles vergebens. Wer vermuthet mich da, wer erkennt mich in der Maske? Endlich gab er meinen dringlichen Bitten nach. Der erste Versuch glückte. Nun war kein Halten mehr. Bald wirkte ich incognito in jeder Woche mehrmals mit. Das Rekrutendrillen und Exerciren wurde mir die ärgste Pein, es fehlte nicht an Rügen, die mich noch verdrossener stimmten. Das Geheimniß blieb eine Weile gewahrt, aber ich tanzte auf einem Vulkan. Mit Wonne, darf ich versichern. Endlich — ich weiß nicht, ob man mich doch erkannt, oder ob Jemand vom Theater geplaudert hatte, kam mein heimliches Thun heraus. Der Oberst citirte mich und verlangte die Wahrheit zu wissen. Ich begriff, daß nur noch größte Offenheit mich vor dem Schlimmsten bewahren könnte. Ich müsse zugeben, mich schwer vergangen zu haben, gestand ich, aber der dämonische Zwang zu meinem wahren Beruf sei stärker gewesen, als die Rücksicht auf die soldatische Pflicht und den Stand. Seine Aeußerungen, übrigens unerwartet wohlwollend, konnten mir keinen Zweifel lassen, daß mir nicht zu helfen sei. Ich schrieb auf der Stelle mein Abschiedsgesuch, um einem Verfahren gegen mich zuvorzukommen. Man drückte gnädigst ein Auge zu und ließ mich laufen. Ich war frei und athmete wieder auf. Jetzt blieb auch meinen Eltern keine Wahl mehr. Allerdings sagten sie sich gänzlich von dem ungerathenen Sohne los, überließen ihn seinem Schicksal. Es konnte anfangs nicht beneidenswerth scheinen, da ich geradezu für die Kunst darbte. Aber ich hatte mir nun doch die Bühne erobert und war in aller Dürftigkeit glücklich. Das ist die Geschichte meiner Officierscarriere.«

»Man hat Sie sehr milde behandelt, meine ich,« sagte der Professor kopfwiegend.

»Ohne Frage,« bestätigte Ortler. »Man zeigte einen gewissen Respect vor dem künstlerischen Talent, indem man gegen den Träger nachsichtig verfuhr. Uebrigens darf ich versichern, daß ich ein ehrenwörtliches Versprechen, nie wieder die Bühne zu betreten, auch dann nicht gegeben haben würde, wenn ich mich dadurch vor Strafe und unfreiwilligem Ausschluß hätte bewahren können. Der Zug des Herzens ist des Schicksals Stimme! Verzeihen Sie dieses triviale Citat.«

Agnes hatte still und nachdenklich zugehört. »Es hat sicher etwas Erhebendes,« sagte sie nun leise, aber mit warmer Betonung, »rücksichtslos seinem Genius gefolgt zu sein.«

Er richtete sich hoch auf und machte mit der Hand eine Geste. »Ich habe es keinen Augenblick bereut.«

»Aber wie leicht war da eine Selbsttäuschung möglich,« wendete der Professor ein.

Der Schauspieler lächelte überlegen. —

Steiger pflegte an den Sonntagen regelmäßig Mittagsgast zu sein. Frida hielt auch darauf, daß er die Kinder mitbrachte, was er anfangs ein paarmal unterlassen hatte, da er sich vor ihnen zu geniren schien. Er war wirklich ein recht zärtlicher Bräutigam geworden, und Frida hatte mitunter Mühe, ihn »auf vernünftige Gedanken« zu bringen. Agnes ließ Beide gern miteinander allein. Nicht gerade aus schwesterlicher Freundschaft. Es war ihr ein unbehagliches Gefühl, den gereiften Mann so verliebt in das hübsche Mädchen zu sehen, dem es großen Spaß zu bereiten schien, ihn neckisch hinzuhalten und nicht zu dreist werden zu lassen. Sie hatte es daher auch vermieden, andere Mittagsgäste zuzuziehen, die früher hin und wieder mit einer Sonntagseinladung beehrt worden waren. Jetzt überraschte sie am Sonnabend früh den alten Papa, ehe er zur Schule ging, durch die Frage, ob es sich nicht am Ende schicken möchte, Dr. Belling wieder einmal zu Tisch zu bitten. Er könnte glauben, man hätte etwas gegen ihn, und gebe sich doch gerade jetzt so viel liebenswürdige Mühe mit den thörichten Polterabend-Arrangements. Da er sich ganz einverstanden erklärte und die Einladung dem jungen Kollegen gleich mündlich »beizubringen« versprach, fuhr sie mit nicht ungeschickt gespielter Gleichgültigkeit fort: »Und wenn wir nun doch schon morgen nicht ganz unter uns sind, was meinst Du zu dem Vorschlag, gleich auch unsere Verbindlichkeit gegen Herrn Ortler zu erledigen.«

»Verbindlichkeit?« fragte er verwundert.

»Er rechnet doch sicher darauf, einmal förmlich zu Gast gebeten zu werden,« erklärte sie, »und da wir vor der Hochzeit schwerlich eine richtige Gesellschaft geben werden, dachte ich...«

»Ja, ja, das hat etwas für sich,« meinte der alte Herr. »Es ist zwar sonst mein Grundsatz, mir Leute seiner Art nicht zu nahe kommen zu lassen, aber man kann schon einmal eine Ausnahme machen. Meinetwegen denn!«

»Willst Du ihm nicht eine Zeile schreiben, Papa?«

»Ist das nöthig? Ich denke, Dr. Belling ist sein guter Freund, und wenn ich ihn durch den wissen lasse —«

»Es sieht doch zu formlos aus. Du bist Herrn Ortler noch eine Gegenvisite schuldig.«

»Aber wie käme ich dazu, so einem … Ich will sonst nichts gegen ihn sagen, ein Komödiant bleibt er doch, und es war ja auch nur der besondere Umstand —«

»Thu' ein Uebriges, Papachen, und schreibe ein paar Worte auf eine Visitenkarte. Die Absage wäre doch empfindlich.«

Der Professor gab nach, wie immer, wenn Agnes einen Wunsch hatte. »Na — man kann sich an den Lieutnant außer Diensten halten,« sagte er, sich selbst eine Brücke bauend.

Bei der kleinen Sonntagstafel präsidirte an der Schmalseite der Professor. Ihm gegenüber erhielt Dr. Belling seinen Platz, rechts und links saßen das Brautpaar, das nicht getrennt werden durfte, und Herr Ortler mit Agnes. Die Kinder waren diesmal unten geblieben.

Die Unterhaltung wurde bald sehr lebhaft. Der Regisseur, der bei glänzender Laune war, sprudelte komische Theatergeschichten, über die man aus dem Lachen nicht herauskam. »Das ist nichts für Sie, mein gnädiges Fräulein,« wendete er sich leise an seine Nachbarin, als wieder eine solche Lachsalve losbrach, »aber man erwartet von uns Schauspielern, daß sie auch bei Tisch Vorstellungen geben, und ich möchte mich gern Ihrem Herrn Papa für die gütige Einladung dankbar beweisen, die mir die Gelegenheit giebt, Ihnen ein paar Stunden nahe zu sein.«

Das war sehr dreist und schien sicher auch Agnes so, denn ihre Stirn röthete sich plötzlich. Sie winkte, um nicht antworten zu dürfen, das aufwartende Mädchen heran und gab ihm eine ganz unnöthige Weisung. Nach einer Weile erst richtete sie an Ortler so laut, daß die ganze Tischgesellschaft betheiligt wurde, die Frage: »Wie kommt es nur, daß Sie bei Ihrem großen schauspielerischen Talent sich mit Stellungen bei so untergeordneten Theaterunternehmungen begnügten, wie doch wohl unzweifelhaft diejenigen sind, auf welche sich Ihre launigen Erzählungen beziehen? Ich denke mir das auf die Dauer recht unbefriedigend.«

»Ja,« sagte der Professor, »es giebt doch große Hofbühnen, die wirklich als Kunstinstitute betrachtet werden dürfen. Warum lassen Sie sich da nicht engagiren?«

Ortler zuckte lächelnd die Achseln. »Warum? Das will ich versuchen, den geehrten Herrschaften zu erklären. Zunächst ganz äußerlich. Sie haben wohl schon von Theateragenten gehört. Das sind Leute, die das ganze Geschäft machen. Geschäft! Hier ein greuliches Wort. Aber was wollen Sie? Die Rede ist eben von einem Handel mit Schauspielerware. Die Theater haben Bedarf an Personal, die Schauspieler wünschen ein Unterkommen für die Saison. Beide Theile brauchen einen Vermittler, und dies ist der Agent. Natürlich thut er nichts umsonst. Er läßt sich von jeder Gage gewisse Procente zahlen — eine oft recht drückende Abgabe. Aber das ginge noch. Es wäre nichts dagegen zu sagen, wenn er unter feststehenden Bedingungen seine Dienste nach bester Kenntniß der Würdigkeit seiner Auftraggeber leistete. Die wirklich guten Stellen sind aber so begehrt, daß er selten der Versuchung widersteht, für sie nur seine besten Kunden in Vorschlag zu bringen, und seine besten Kunden sind die, welche ihr Gesuch durch eine Einlage von einer gewissen Sorte Papier zu unterstützen vermögen. Es handelt sich da nicht um kleine Trinkgelder, und ich … ja, Armsein ist keine Schande. Ich hatte, als ich mich entschloß, mir die Bühne zu erobern, meine Schiffe verbrannt. Was konnte ich bieten? Ich mußte Anfangs froh sein, überhaupt eine Beschäftigung zu finden, die mich nothdürftig nährte, und dann war meine Gage nie so groß, daß ich davon Ersparnisse zu Bestechungszwecken hätte verausgaben können. Der Agent bemüht sich für mich dieser meiner Lage entsprechend: ich habe für ihn vorläufig, um den Kunstausdruck zu brauchen, wenig geschäftliches Interesse.«

»Aber das ist ja die schlimmste Ungerechtigkeit,« entrüstete sich Agnes. »In der Kunst sollte doch nichts entscheiden, als das Können.«

»Wir leben einmal nicht in der besten der Welten,« antwortete er melancholisch. »Das ist aber nur die eine Seite der Medaille. Auf der andern finden Sie ein anderes Bild, vielleicht ein erfreulicheres. Ich will die Möglichkeit nicht bestreiten, daß ich mit kräftig eingesetztem Willen wohl auch ein Engagement bei einer Hofbühne oder auch bei einem größeren Stadttheater hätte erhalten können. In welcher Stellung aber? Die ersten Fächer sind gewöhnlich in festen Händen. Und wenn nun so ein Neuling auf den Brettern, der sich für einen Devrient oder Dawison hält, das ehrgeizige Streben hat, dem Personal eines berühmten Kunstinstituts eingereiht zu werden, wird er bald zu seiner schwersten Enttäuschung erkennen, das ihm jede Gelegenheit fehlt, sein Licht leuchten zu lassen. Er muß sich mit den kleinen und kleinsten Rollen begnügen, in denen hervortreten zu wollen eine Lächerlichkeit und Versündigung gegen das Ensemble wäre. Es ist da schon manches wahrhafte Genie kümmerlich versandet. Nein, das war nichts für mich! Ich bin mit Leib und Seele Schauspieler, will spielen, die glänzendsten Gestaltungen dichterischer Phantasie verkörpern, durch rastlose Uebung lernen und mich selbst befriedigen! Ich bin durch und durch Idealist. Das Höchste zu erreichen, was in meiner Kunst erreicht werden kann, nenne ich meinen ganzen Ehrgeiz. Deshalb ist es meine Lust, mir stets die bedeutendsten schauspielerischen Aufgaben zu stellen, an ihnen meine junge Kraft zu messen. Wo man sie mir anvertraut, da lasse ich meinen Wanderstab rasten. Und deshalb habe ich gegenwärtig die Ehre, hier — der Cäsar im Dorfe zu sein.«

Die dunklen Augen blitzten ihm, während er sich triumphirend umschaute, und hafteten eine kleine Weile auf dem Gesicht seiner Nachbarin, die ihm mit gespannter Aufmerksamkeit zugehört hatte.

»Das kann ich verstehen,« sagte sie. »Nur nicht im Kleinen und Unbedeutenden stecken bleiben! Schließlich ist doch, denke ich mir, in jeder Kunst die Freude des Schaffens die Hauptsache. Sie fühlen sich gewiß sehr beglückt, wenn Sie einer großen Aufgabe völlig Herr geworden sind und das Publikum zum Beifall hinreißen.«

»Aber es wird Ihnen doch nicht gleichgültig sein, vor welchem Publikum Sie spielen,« mischte der Fabrikant sich ein, »und Sie wollen sicher doch für Ihre Leistungen angemessen honorirt werden. Haben Sie denn irgend welche Aussicht, auf dem Wege, den Sie eingeschlagen haben, zu einer gesicherten Existenz zu gelangen?«

Ortler goß hastig ein Glas Wein hinunter und griff gleich wieder zur Flasche, in der er nur noch einen kleinen Rest gelassen hatte. »Was nennen Sie in meinem Falle eine gesicherte Existenz?« fragte er achselzuckend. »Eine Anstellung mit Pensionsberechtigung? Nun — unmöglich ist auch die nicht. Wäre es nicht denkbar, daß ein günstiger Zufall einmal einen hochmögenden Intendanten in die Vorstellung einer Schmiere führte und ein Genie entdecken ließe? Oder daß ein Professor Dr. X. in einem begeisterten Artikel der Welt die Entdeckung eines neuen Sterns am Kunsthimmel verkündete, der den blöden Augen der Herren Agenten bisher entgangen? Bereit sein, ist Alles.«

»Trinken wir darauf,« sagte Dr. Belling und stieß mit ihm an. Alle Gläser setzten sich in Bewegung. »Spüren Sie denn nicht das Talent zum Recensenten in sich?« fragte Agnes.

»Ich bin ja noch nicht Professor,« antwortete er, sich duckend, »ohne ihn hat das X keine Bedeutung. Sie wissen ja: ein Titel muß sie erst vertraulich machen —«

Waldstätter lächelte. »Wenn ich nicht zu alt und steif wäre —! Der Hamlet könnte mich vielleicht reizen, eine Thorheit zu begehen.«

»Ich werde Dir den Artikel schreiben, Papa,« flüsterte Agnes, »gieb nur Deinen Namen dazu her.«

»Das ist ein genialer Gedanke,« rief der Schauspieler, ergriff feurig ihre Hand und küßte sie, ehe sie's wehren konnte. »Ja, die Frauen! Sie haben noch ein mitfühlendes Herz. Alle Kunstgönnerinnen sollen leben!« Man stieß wieder an. Er wendete sich dann noch mit einem neugefüllten Glase an seine Nachbarin. »Auf Ihr Specielles, mein gnädiges Fräulein!«

Agnes neigte ein wenig den Kopf. »Mit dem guten Willen ist's leider nicht gethan,« sagte sie.

»Du schreibst Briefe wie ein Professor,« versicherte Frida.

»Das wäre ein schlechtes Lob,« entgegnete Agnes.

»Und ich schreibe am liebsten gar keine,« raunte Frida ihrem Bräutigam zu. »Verreise niemals ohne mich, Theodor; auf Nachricht von Hause hast Du nicht zu rechnen. Ich weiß immer nicht, wie ich anfangen soll, und dann bin ich auch immer gleich zu Ende.«

»Ein Liebesbrief braucht auch nicht lang zu sein,« meinte er schmunzelnd, »und tausend Küsse lassen sich doch am Ende leichter schreiben als geben.«

»Wenn Du damit zufrieden bist —!« kicherte sie.

Er wollte sie umfassen und küssen, aber sie rückte mit dem Stuhl ab. »Na, na, na — immer hübsch verständig!« Dann gab sie ihm doch die Hand.

Man war allseits in bester Laune als man aufstand. Der Kaffee wurde im Bibliothekzimmer getrunken. Ortler zog aus den Regalen ein Buch nach dem andern, blätterte darin und steckte es ein, nicht immer an der richtigen Stelle.

»Lieben Sie Bücher?« fragte Agnes.

»Sie erwecken in mir stets das Bedauern,« antwortete er, »daß es nicht auch eine Schrift giebt, in welcher die schauspielerische Leistung fixirt werden kann. Es giebt für uns keine Lehrbücher, höchstens eine Tradition von einem Meister zum andern. Flüchtig, wie das Leben selbst, ist unsere Kunst — Sie wissen ja: dem Mimen flicht die Nachwelt keine Kränze.«

Das declamirte er mit melancholischem Tonfall, um dann heiter fortzufahren: »Daher lassen wir sie uns auch so gern auf die Bühne werfen. Es ist nicht Eitelkeit — nur Oekonomie.«

Dann stand er eine Weile am Fenster und sah über die bereiften Bäume des Gartens in die schon dunkelnde Schneelandschaft hinaus. Agnes trat zu ihm. »Wollen Sie sich nicht zu den Herren setzen und eine Cigarre rauchen?« fragte sie.

»Ich muß mich sammeln,« antwortete er, »um Abends auf der Bühne meine Pflicht thun zu können. Diese farblose Natur übt eine wundersam beruhigende und abstillende Wirkung auf das Gemüth aus. Sie stimmt freilich auch leicht traurig. Aber dieser Gegensatz zur ausgelassenen Fröhlichkeit vorhin kommt erwünscht. Es findet sich so am schnellsten das mittlere Maß, jener Gleichmuth zurück, der uns erst befähigt, künstlerisch zu gestalten.«

Er sprach diese Worte langsam und feierlich, mit der Zunge doch ein wenig anstoßend. Beide Hände stützten sich auf das Fensterbrett, und der Blick irrte verschwommen in die Ferne. Agnes stand seitwärts. »Auch mir sind diese jähen Uebergänge, in denen sich Lust in Traurigkeit wandelt, nicht fremd,« bemerkte sie, »und ich habe dann das Bedürfniß, eine Weile mit mir allein zu sein!«

Er wendete sich um, faßte ihre Hand und drückte sie. »Es waren so schöne Stunden,« rief er, »so selige … Leben Sie wohl!«

Er eilte fort, ohne sich von den anderen zu verabschieden. Seiner Stubenwirthin gab er, ehe er seine Thür schloß, die strenge Anweisung, ihn nicht das Theater verschlafen zu lassen.

Agnes bewunderte ihn nicht an diesem Abend, aber an jedem folgenden, der ihn in einer großen Rolle auftreten ließ. Nie früher war sie eine so eifrige Billetnehmerin gewesen. Sie bevorzugte das rührende Schauspiel und das Trauerspiel, während Frida durchaus den Geschmack ihres Bräutigams theilte, der nach des Tages Last und Arbeit im Theater lachen wollte. In den traurigen Stücken sei Alles so übertrieben, meinte sie, daß sie sich gar nicht recht hineindenken könne. So edel und so teuflisch seien die Menschen in Wirklichkeit nicht; und wenn's darauf abgesehen sei, sie zu Thränen zu rühren, könne sie erst recht nicht weinen. Das Komische zwinge aber unwiderstehlich, auch wenn es noch so dumm sei. So kam's, daß, wenn Steiger mit Frida zum Theater fuhr, Agnes gewöhnlich zu Hause blieb, während wieder Agnes allein dorthin ging, wenn das Brautpaar dem alten Papa Gesellschaft leistete. Sie ließ sich dann vom Mädchen abholen. Ortler in einer komischen Rolle zu sehen, hatte ihr etwas geradezu Peinigendes, als ob er dadurch seiner Künstler- und Menschenwürde zu nahe trete, daß er die Leute für ihre paar Groschen belustige.

Eines Nachmittags hatte die Probe zum Polterabend ungewöhnlich lange gedauert. Es war schon dunkel, als Agnes auf die Straße kam, und in der kleinen Stadt wurden die Laternen der Ersparniß wegen erst sehr spät angesteckt. So wenig, selbst außerhalb des Thores, um diese Zeit etwas Aengstliches dabei war, beeilte sie doch unwillkürlich den Schritt. Bald bemerkte sie, daß Jemand ihr noch eiliger nachkam. Es war der Regisseur.

»Wollen Sie nicht erlauben, mein gnädiges Fräulein, daß ich Sie nach Hause begleite?« redete er sie an. »Wir haben uns heut verspätet.«

»Ach — bemühen Sie sich nicht,« bat sie freudig erschreckt, »es ist noch so viel Verkehr auf den Straßen —«

»Aber Sie erweisen mir ja eine Wohlthat, wenn Sie mir diesen kleinen Spaziergang an Ihrer Seite gestatten,« versicherte er. »Draußen begegnet man mitunter betrunkenen Arbeitern, und Sie könnten doch Unannehmlichkeiten haben. Es wäre unverantwortlich, wenn ich Sie allein gehen ließe.«

Agnes hatte nicht die mindeste Furcht und begriff auch sehr gut, daß er nur einen Vorwand suchte. Sie sagte sich, daß Bekannte, die ihnen begegneten, es auffällig finden müßten, sie in Begleitung des Schauspielers den einsamen Weg nach dem Landhause gehen zu sehen. Man hatte sie schon wegen der Aufmerksamkeiten, mit denen er sie in den Proben überhäufte, geneckt. Dennoch wies sie ihn jetzt nicht ab, wenn sie auch keine ausdrückliche Erlaubniß ertheilte. Als ob sich diese von selbst verstände, begann er sogleich ein Gespräch über die kleinen Erlebnisse auf der Probe, das Ungeschick einiger mitwirkender Herren und die Eifersüchtelei mehrerer verehrter Mütter, die ihre Töchter nicht genug in die erste Linie schieben könnten. Da Agnes nicht spottlustig schien, ging er aber rasch auf ein für sie interessanteres Thema über: seinen Hamlet. Ob sie überzeugt sei, daß der Prinz Ophelia liebe, fragte er. Daß er sein Auge auf die schöne Hofdame gerichtet und ihr auch seine Neigung deutlich genug zu verstehen gegeben habe, sei unzweifelhaft. Nicht so sicher lasse sich aber erkennen, ob er nur ein galantes Spiel mit ihr getrieben, oder von einer tieferen Leidenschaft für sie ergriffen gewesen sei. So sehr Polonius irre, wenn er den Grund seiner Geistesverwirrtheit in Ophelias größerer Zurückhaltung suche, so wenig sicher scheine es doch, daß sein verändertes Benehmen gegen sie lediglich in der Erscheinung des Geistes den Grund habe. Würde er sie wirklich lieben, so könnte er sich freilich sagen, daß jetzt die ihm zuertheilte große und schmerzliche Aufgabe alle selbstischen Regungen zurückdrängen müßte, aber er brauchte sie nicht verletzend zu behandeln, wie doch geschehe. Andererseits wieder erkläre sich die Bitte, sie möchte ins Kloster gehen, vielleicht allein richtig aus dem Gefühl der Eifersucht, sie keinem Andern zu gönnen, da sie ihm doch verloren sei. Daß er durch seine wirren Reden sie, wie die übrige Hofgesellschaft, nur in dem Glauben bestärken wolle, er sei wahnsinnig, könne er unmöglich annehmen.

»Und warum verlangen Sie durchaus Sicherheit über diesen dunkeln Punkt?« fragte Agnes, merklich angeregt.

»Weil ich danach mein Spiel einzurichten habe,« antwortete er. »Die Worte bleiben freilich dieselben, wie sie der Dichter vorgeschrieben hat. Aber wie verschieden können sie gesprochen werden! Und was der Darsteller von seinem Eigensten dazu geben muß, wie kann das anders überzeugende Gestalt gewinnen, als wenn er sich über diese innerlichsten Beziehungen völlig klar ist? Versuchen Sie nur einmal diese wenigen Worte zu sprechen: ›Geh in ein Kloster, Ophelia!‹ und Sie werden merken, was da Alles hineingelegt werden kann.«

Sie schwieg eine kleine Weile, indem sie vielleicht wirklich im Stillen den Versuch machte. Dann sagte sie: »Hamlet ist eine viel zu tief angelegte Natur, als daß er mit seinem Herzen ein Spiel treiben könnte. Er liebt Ophelia und empfindet es als einen großen Verlust, dieser Liebe entsagen zu müssen; er bringt dem Geist seines Vaters ein sehr schmerzliches Opfer. Es kann sein, daß er auch ohne diesen Zwischenfall hätte Verzicht leisten müssen: aber diese Erwägung bleibt uns erspart, da nun alle seine Gedanken mit dem nächsten Grunde seines Rückzugs beschäftigt sind. Er fühlt, daß Ophelia sich leichter trösten könne, wenn er sie in den Glauben versetze, nur der Gegenstand einer verliebten Laune gewesen zu sein, und deshalb sagt er ihr mit anscheinend so grausamer Härte: ich liebe Dich nicht! Deshalb wirft er ihr weibliche Fehler vor, die sie gewiß nicht hatte, nur sich selbst gegen sie zu erzürnen. Er leidet dabei schwer. Was Ophelia verloren hat, wird aus ihrem Wahnsinn und Selbstmord erkennbar.«

Sie waren bis zum Thor gekommen. Ortler bot Agnes seinen Arm. Sie zögerte ein Weilchen und nahm ihn dann doch an. »Er liebt sie,« sagte er überzeugt. »Ich wünschte, ich könnte alle meine Rollen mit Ihnen durchgehen, Fräulein Agnes. Sie haben ein so feines und sicheres Gefühl für die Absichten des Dichters — das erkenne ich heut nicht zum ersten Mal. Hatten Sie nie die Neigung, Schauspielerin zu werden?«

»Es ist mir nie in den Sinn gekommen!«

»Schade, Sie würden gewiß Vorzügliches leisten.«

»Das glauben Sie nicht, ich habe gar kein Talent.«

»Wir wollen einmal zusammen lesen. Wollen Sie?«

»Wenn Sie sich davon Befriedigung versprechen…«

»O —! Freilich! — Bei Damen Ihres Standes pflegen auch die stärksten Talente ungenützt zu verkümmern. Zur Bühne gehen — das wäre ja ein Verbrechen gegen die gute Sitte.«

»Es würde mich Nichts davon abhalten,« antwortete sie eifrig, »wenn ich wirklich einen inneren Zwang fühlte. Ich empfinde da ganz wie Sie.«

Er legte leise seine Hand auf die ihre. »Sie sind eine muthige Seele,« sagte er.

Dann gingen sie schweigend bis zur Thür im Eisengitter vor dem Hause. Hier erst zog Agnes ihre Hand aus seinem Arm. »Besten Dank, Herr Ortler.«

»Besten Dank, mein sehr verehrtes Fräulein. Empfehlen Sie mich —«

Agnes war schon eingetreten. Sie ging mit so hastigen Schritten, als fürchtete sie, daß er ihr folgen könnte.

Dann kam die Aufführung des Hamlet. Ortler wurde am Schluß ein prächtiger Kranz mit langer Schleife geworfen. Es gab im Städtchen nur eine Blumenhandlung, und dort war's kein Geheimniß, daß Fräulein Agnes Waldstätter ihn bestellt hatte. Er unterließ nicht, Erkundigung einzuziehen. »Also wirklich,« murmelte er glückstrahlend.

Bald war's überall bekannt. Natürlich eine Erkenntlichkeit für seine Bemühungen um das Hochzeitsfest der Schwester! Jeder versicherte, unter den bewußten Umständen durchaus nichts daran finden zu können, und Jeder lächelte dabei doch so vielsagend. Man war sehr kleinstädtisch in der kleinen Stadt.

Der Polterabend verlief ganz nach Fridas Wunsch. Sie war die dankbarste Zuschauerin und beklagte nur immer wieder, nicht selbst mitwirken zu können. »Daß auch keine meiner Freundinnen so großartig und lustig gefeiert ist!« äußerte sie schmollend zu ihrem Bräutigam. »Wenn Du eine von Ihnen geheirathet hättest, Theodor —«

»Dann wärst Du jetzt thätig dabei,« ergänzte er in guter Laune. »Das würde Dir besser gefallen, als selbst die Braut zu sein?«

Sie sah ihn schalkhaft an. »Na…?«

Bis spät in die Nacht hinein wurde getanzt. Auch Steiger mußte sich im Saal herumdrehen, so ungewohnt ihm diese »Arbeit« war. »Gut denn,« sagte er, »es ist ja doch zum letzten Mal im Leben.«

»Wirklich?« schmollte Frida. »Deine junge Frau soll wohl auch nicht mehr tanzen?«

»Ich hoffe   «

»Hoffe gar nichts. Bei Steigers wird getanzt.«

»Mein gnädiges Fräulein, darf ich bitten —« näselte der Assessor und Reservelieutnant.

Sie knixte. »Wenn mein Bräutigam erlaubt…«

»Schalk!« rief er ihr nach.

Agnes zog sich bald ermüdet in eine Ecke zurück. Ortler setzte sich zu ihr. »Ihnen scheint das Tanzen wenig Spaß zu machen,« bemerkte er.

»Ich bin nicht mehr jung genug dazu,« antwortete sie.

»Sind Sie jemals jung genug dazu gewesen?« fragte er mit einem brennenden Blick.

»Sie haben recht,« sagte sie.

Es wurde ein Walzer gespielt. Sie theilte mehrere Körbe aus. »Nun komme ich an die Reihe,« sagte Ortler, indem er aufstand und sich verbeugte.

»Aber wir unterhalten uns so gut —«

»Den Walzer müssen Sie mir gönnen, Fräulein Agnes — ich bitte nicht wieder.«

Sie erhob sich langsam und legte sich in seinen Arm. Er umkreiste mit ihr mehrmals den Saal, sie immer fester an sich ziehend, bis sie ihm ganz erschöpft zuflüsterte: »Es ist genug.«

Gleich nach diesem Tanze ging sie in ein Nebenzimmer und kam nicht wieder zum Vorschein. —

Die Hochzeit wurde in Waldstätters Wohnung bei einer Mittagstafel gefeiert. Dazu versammelte sich dort ein engerer Kreis von Freunden und Berufsgenossen. Der Regisseur Ortler war aber gleichfalls eingeladen. Das hatte man gemeint ihm schuldig zu sein. Dr. Belling und Agnes gehörten zu den Brautführerpaaren und saßen deshalb nebeneinander. Den Platz zu ihrer Linken nahm Ortler ein. Er ließ ihm wenig Gelegenheit, seine Dame zu unterhalten. Je mehr Champagner er trank, um so ausgelassener wurde seine Fröhlichkeit. Er toastete in Knüttelversen auf das junge Ehepaar und bat später, etwas declamiren zu dürfen, »um sich nützlich zu machen.« Man applaudirte gefällig; von allen Seiten wurde ihm zugetrunken. Er neigte sich zu Agnes so weit seitwärts, daß sein Arm ihre Schulter berührte. »Jetzt lasse ich die Dame im weißen Kleide mit den gelben Rosen im Haar leben,« flüsterte er.

»Nein!« rief sie erschreckt.

Sie selbst war gemeint.

»Warum?« fragte er mit nicht ganz sicherer Stimme. »Ich finde es unverantwortlich, daß noch Niemand die schöne und geistvolle Schwester der Braut —«

»Sie nicht!«

»Aber…«

»Ich bitte Sie, trinken Sie nicht mehr!«

Ortler stutzte, und sie selbst erschrak sichtlich über dieses auch ihr unvermuthet entschlüpfte Wort.

»Sie fürchten doch nicht, gnädiges Fräulein —«

»Verzeihen Sie mir! Es fuhr mir so heraus — und ich meinte es gut!«

Er schien einen Augenblick zu überlegen, wie er's nehmen solle. Die Lippen waren fest verkniffen. Dann lächelte er plötzlich wie geschmeichelt. »Ein gütiger Engel beschützt mich,« sagte er leise und mit wärmstem Ausdruck, »ich danke Ihnen.«

Agnes war bleich geworden und wurde noch bleicher. Den Kopf hielt sie abgewendet und gesenkt.

»Aber —« fuhr er fort, »ich habe doch ein Gedicht auf Sie verfaßt. Soll das —«

»Geben Sie es mir,« fiel sie rasch ein, »aber sprechen Sie es nicht.«

»Ich habe es nicht aufgeschrieben,« sagte er sehr beglückt, »aber wenn Sie erlauben…«

Am andern Flügel der Tafel wurde ans Glas geschlagen. Ein alter Herr mit weißem Kopf stand auf und erklärte gut machen zu müssen, was die jungen Herren sträflich versäumten. Und dann nach einigen Zickzackwegen: »Fräulein Agnes lebe hoch!«

Sie, nickte ihm dankbar zu, erhob sich, ging zu ihm und stieß mit ihm an. Nun streckten sich ihr alle Gläser entgegen. Sie mußte die Runde um den Tisch antreten. Zuletzt kam sie zu Ortler.

»Darf ich noch ein einziges Glas —« fragte er umschauend und zugleich den Kopf einziehend, »Auf *mein* Wohl muß ich's doch wohl gestatten,« antwortete sie, auf den Scherz eingehend. Er trank es aus. »Das letzte!«

Sie war weit entfernt, ihm zu glauben. Aber er hielt nun eigensinnig Wort. Als ob er beweisen wollte, daß er stets seiner weinseligen Laune Herr sein könne, begann er ein tiefgründiges Gespräch über den Chor in der Braut von Messina und seine Behandlung durch die Regie. Dabei betheiligte er auch Dr. Belling, der sehr verdrießlich dreinschaute, und mußte nun, um ihm bei der allgemeinen lauten Unterhaltung verständlich zu werden, Agnes immer näher rücken. Richtete er das Wort an sie, so sprachen seine Augen noch lebhafter als seine Lippen, und, was sie ihr verriethen, hatte sicher keinen Bezug auf den Chor in der Braut von Messina.

Noch vor dem Dessert verschwand das junge Paar, um sich zur Fahrt nach dem Süden zu rüsten. Bald darauf verließ auch Agnes die Tafel, der Schwester beim Umkleiden zu helfen und von ihr Abschied zu nehmen. Eben hatte Ortler in einer Knackmandel den Doppelkern gefunden und ihn als Vielliebchen angeboten.

Frida war sehr vergnügt. Nicht eine Spur von Rührung zeigte sich beim Abschiede. »Ich freue mich schon so auf Italien,« sagte sie. »Wenn wir nur glücklich durch den St. Gotthardtunnel kommen!«

Als sie Agnes den letzten Kuß gegeben hatte, kehrte sie sich noch einmal zurück. »Du —
der Herr Ortler...! der scheint ja ganz vernarrt in Dich; ja, ja, ja! Nimm Dich in acht.«

Agnes machte nicht einmal den Versuch einer Abwehr. Zur Gesellschaft ging sie nicht zurück.

IV.

Ortler hatte das Gedicht nicht vergessen.

Was er sich aus allerhand Versbrocken zusammengereimt gehabt hatte, würde allenfalls dem augenblicklichen Zweck und der beim Champagner wenig kritischen Hochzeitsgesellschaft genügt haben. Jetzt, schwarz auf weiß gefiel ihm der Toast gar nicht mehr. Er nahm Zeilen heraus und setzte Zeilen ein, veränderte den Aufbau, verwarf das Ganze und versuchte eine Neudichtung, kam damit erst recht nicht zu stande und entschloß sich endlich, Agnes einen Brief zu schreiben und ihr darin zu erklären, weshalb er sein Versprechen nicht halten könne. Der Grund war für sie sehr schmeichelhaft.

In der letzten Zeit hatten fast täglich Proben stattgefunden. Jetzt war's plötzlich sehr still geworden im Städtchen, am stillsten bei Professor Waldstätter selbst, der das Bedürfniß fühlte, gründlich auszuruhen, und das gleiche auch bei Agnes voraussetzte. Er wunderte sich schon, daß sie nach einigen Tagen wieder Lust zeigte, das Theater zu besuchen. Dort sah sie Ortler auf der Bühne; ihm in einer befreundeten Familie zu begegnen, fand sich nicht gleich die Gelegenheit, so wenig sie ihr aus dem Wege ging. Als sie ihn dann bei einer Geburtstagsgratulation antraf, kam er ihr sofort mit den Worten entgegen! »Guten Morgen, Vielliebchen!« Nun beschäftigte sie sich mit einer kleinen Stickerei für ihn, die eigentlich schon eine große Stickerei genannt werden konnte.

Ortler machte täglich nach der Theaterprobe einen Spaziergang vor's Thor hinaus — hin und zurück am Steigerschen Hause vorüber. Er unterließ es nicht, jedesmal zu den Fenstern der Waldstätterschen Wohnung aufzusehen, und hatte fast immer das Glück, Agnes grüßen zu können.

Dann kam er, sich aus der Bibliothek des Professors ein Buch zu erbitten. Er hatte es auffallend schnell durchgelesen, kam wieder, um es abzubringen und ein anderes zu holen. Diese Besuche dauerten Anfangs nur wenige Minuten, bald längere Zeit. Der alte Papa durfte nicht jedes Mal gestört werden, erfuhr deshalb nicht einmal immer von ihnen. »Der rege Verkehr des Schauspielers in meinem Hause gefällt mir doch nicht recht, liebes Kind,« knurrte er. »Was sollen die Leute dazu sagen? Man muß ihm zu verstehen geben —«

»Aber was kümmern uns die Leute, Papa?« fiel Agnes verwunderlich schroff ein. »Sollen wir sie fragen, mit wem wir umgehen und wie oft wir einen uns lieben Gast empfangen dürfen? Weil sie mir in ihrer philiströsen Beschränktheit so langweilig sind, daß ich sie gern meide, muß ich deshalb auf den Verkehr mit einem ungewöhnlich interessanten Manne verzichten, der sich ebenso zu mir hingezogen fühlt? Ich bin in dem Alter, mir eine solche Ausschreitung gestatten zu können. Uebrigens wird der Theaterbesuch schon recht schwach, und es dauert gewiß nicht mehr lange, bis die Gesellschaft den Ort verläßt. Leider.«

Der Professor blieb doch bei seiner Ansicht. Solche Komödianten würden gar zu leicht dreist. »Dieser Herr Ortler hat alle Anlage dazu,« fügte er bei. »Es sind auch schon im Kasino Redensarten gefallen, die ich ungern hörte. Ob meine Tochter wirklich zur Bühne gehen werde, und... das wiederhole ich lieber gar nicht. Es ist zu dumm. Ich kann Dich nur bitten, liebes Kind, sei vorsichtig.«

Agnes antwortete darauf nicht, sondern entfernte sich in trotziger Haltung. Die Besuche des Schauspielers wurden wirklich seltener, aber es verging nun kein Tag, an dem nicht ein Brief für Agnes abgegeben wurde. Sie paßte dem Boten auf und steckte ihm mitunter auch wieder ein Billet zu. Einmal überraschte der Professor sie dabei. Er wollte wissen, mit wem sie heimlich korrespondire, und war sehr böse, als er die Wahrheit erfuhr. »Ich kenne meine Tochter gar nicht mehr,« sagte er. »Wie kannst Du Dich so weit vergessen, von einem solchen Menschen Briefe anzunehmen und ihm gar zu schreiben?«

»O, wir besprechen die ernstesten Dinge,« versicherte sie.

Er wollte seine Briefe lesen. Das wurde verweigert. »Er hat seine besondere Art zu schreiben, die nicht Jeder richtig würdigt,« sagte sie, »wie er auch in allem ein besonderer Mensch ist.«

»Ah bah, ein Schauspieler!« rief er empört. »Wer weiß, welchen Mißbrauch er mit Deiner Handschrift treibt.«

»Du kennst ihn nicht und folgst Deinem Vorurtheil,« entgegnete Agnes finster. »Ich weiß, daß ich ihm völliges Vertrauen schenken darf.«

Der Professor wurde noch ärgerlicher. »Du weißt —? Wie kannst Du wissen? Und überhaupt…ich verbitte mir das. In meinem Hause darf so etwas nicht vorkommen. Ich verbitte mir das. Mit einem Schauspieler Briefe wechseln! Du bist noch nicht so alt…Und mit einem Wort: ich verbitte mir das!«

»Du willst es nicht. Gut, Papa!« sagte Agnes sehr bestimmt. »Ich werde gehorchen, soweit ich kann. Ich schreibe Herrn Ortler nicht mehr. Aber wundere Dich nicht…«

Sie sprach den Satz nicht aus, warf ihm aber einen drohenden Blick zu.

»Worüber — worüber?« stotterte er sehr erregt. »Worüber soll ich mich nicht wundern?« Sie schwieg.

»Der Mensch hat Dich ganz verblendet. Ich hoffe, daß Du einsehen wirst…Ah! ich kann Dich nicht am Gängelbande halten, wie ein kleines Kind — will's auch nicht. Du mußt einsehen, daß ich's gut mit Dir meine. Du wirst Dich vor Thorheiten selbst hüten.«

»Das werde ich,« antwortete sie. »Nur sind die Meinungen darüber verschieden, was thöricht und klug ist. Es giebt eine Weltklugheit, für die ich, wie Du weißt, gar kein Verständniß habe.

Dem Alten schoß noch mehr das Blut in die kahle Stirn. »Soll das eine Anspielung sein auf — auf…Ah!«

»Jeder nach seiner Art,« antwortete sie nun wieder ganz mild, »ich will Niemand schelten — ich will aber auch nicht dafür gescholten sein, daß ich anders bin.«

Der Professor reckte den Hals und drehte den Kopf in halben Windungen, als hätte er etwas herauszuschrauben. Es blieb ihm aber in der Kehle stecken. Dieser Briefwechsel! Agnes hatte da wieder eine Auffassung…Aber so war sie nun einmal. Und man brauchte sie doch nur anzusehen —! Es schien immer, als ob eine Priesterin eben den Tempel ihrer Götter verließ — nein! es ließ sich mit ihr darüber gar nicht reden, wie mit einem andern.

Kaum eine Woche später aber — man war in den letzten Tagen des März, die erst dichten Nebel und dann überraschend hellen Sonnenschein gebracht hatten — ereignete sich ihm etwas, das ihn ganz außer Fassung setzte.

Dr. Belling kam zu ihm in seine Studirstube und bat ihn in eigenthümlich feierlicher Weise um eine Unterredung. Er schien in Verlegenheit zu sein, wie er beginnen solle, und den Professor auf irgend etwas recht Unangenehmes vorbereiten zu müssen. »Was haben Sie denn, lieber Kollege?« fragte dieser ihn verwundert.

»Sie wissen, wie sehr ich Sie hochachte und verehre, bester Herr Professor, und wie freundschaftlich ich Ihrem ganzen Hause zugethan bin —« hielt Belling auch jetzt wieder vorauszuschicken für erforderlich, »und Sie wissen ebenso, daß es durchaus nicht meine Art ist, mich in Dinge einzumischen, die mich nichts angehen —«

»Gewiß, gewiß!«

»Aber ich würde glauben, in diesem Falle eine kollegialische Pflicht zu versäumen, wenn ich Sie nicht auf ein Vorkommniß aufmerksam machte, das an sich sicher ganz unschuldiger Natur ist, aber bei der Wiederholung leicht eine Ihnen unerwünschte Auslegung erfahren könnte.«

»Nun — nun —?«

»Die Promenade am Graben ist zu dieser Jahreszeit wenig benutzt, man kann schon sagen gänzlich verödet, und zumal bei dem schlechten Wetter, das wir bisher hatten…Es ist wirklich immer etwas auffallend, wenn sich Jemand da blicken läßt.«

»Unzweifelhaft.«

»Und dazu eine Dame —«

Der Professor machte eine Geste, die sagen sollte: ich begreife gar nicht, worauf das hinaus will.

»Eine noch junge unverheirathete Dame,« fuhr Belling fort, »und in Begleitung eines nicht zur Familie gehörigen Herrn —«

»Ah!«

»Eines Schauspielers.«

»Eines...« Dem alten Herrn wurde es plötzlich schwarz vor den Augen, er lehnte sich im Stuhl zurück. »Und diese Dame —«

»Ist Ihr Fräulein Tochter. Man hat sie dort mit dem Regisseur Ortler promeniren sehen.«
Der Professor schluckte krampfhaft.

»Ich bin weit entfernt, daraus einen für Fräulein Agnes ungünstigen Schluß ziehen zu wollen. Es ist mir sehr wahrscheinlich, daß ein ganz zufälliges Zusammentreffen an einem Ort, den sie zu einem einsamen Spaziergang für besonders geeignet hielt... Aber unvorsichtig muß es doch genannt werden, daß sie nicht rasch vorüberging, vielmehr die Begleitung dieses etwas dreisten Herrn annahm und mit ihm längere Zeit in den Anlagen auf und ab —«

Der alte Herr war einer Ohnmacht nahe. Er zeigte mit matter Hand nach einer Wasserkaraffe auf einem Ecktisch, Dr. Belling sprang auf und reichte ihm das schnell gefüllte Glas. »Es ist ja an nichts Unrechtes zu denken,« sagte er, »gewiß nicht! Fräulein Agnes hat die Gewohnheit, nach Grundsätzen zu handeln, die an sich ganz unbedenklich sein mögen, nur nicht allemal die Billigung unserer gewiß allzu ängstlichen älteren Damen finden. Und es könnte doch sein, daß Sie als der Vater —«

»Ja, ja, ja!« fiel der Professor ein. »Ich als der Vater habe allen Grund, mit Agnes unzufrieden zu sein. Sie haben recht, es ist nichts als eine Unvorsichtigkeit — sie hat sich nun einmal in den eigensinnigen Kopf gesetzt... Ah, ah! aber das geht zu weit.«

Dr. Belling erhob sich. »Man pflegt den Boten die unliebe Botschaft entgelten zu lassen,« sagte er. »Ich bin auch in diesem Falle darauf gefaßt. Aber was sollte ich thun? Den verehrten Freund ungewarnt lassen? Noch wird es möglich sein, dem dummen Gerede Einhalt zu thun. Eine Wiederholung würde den Charakter eines Rendezvous so deutlich —«

»Sie haben recht,« rief der Professor sehr erhitzt, »Sie haben recht. Und ich danke Ihnen recht von Herzen...« Er nahm seine beiden Hände und schüttelte sie mit krampfhaftem Eifer. So schob er ihn zur Thür hinaus. »Ich bitte Sie, verehrter Herr Kollege, sagen Sie Jedem, der davon spricht — ja, sagen Sie ihm, was Sie mir gesagt haben. Unsinn — Unsinn — Unsinn!«

Die letzten Worte wurden nicht mehr gehört. Sich mit allen zehn Fingern durch das graue Haar fahrend, ging er im Sturmschritt durchs Zimmer. Was thun — was thun? Agnes mußte fort.

Er rief sie zu sich herein, polterte heraus, was er soeben erfahren, überhäufte sie mit Vorwürfen. Agnes hörte ihm ganz ruhig zu; nur die zusammengepreßten Lippen zeigten an, daß sie gegen sich einen Zwang brauchte, nicht leidenschaftlich vorzubrechen. Als er sich in Scheltreden erschöpft hatte und nur noch wiederholte, sagte sie mit fester Stimme: »Die Thatsache ist natürlich richtig: ich bin mit Ortler in den Anlagen am Stadtgraben eine Viertelstunde lang auf- und abgegangen. Sie sind jetzt im Winter völlig durchsichtig; wer über die Brücke geht, kann Jeden auf den entferntesten Wegen erkennen. Ein Verstecken ist undenkbar, deshalb gerade hatte ich diesen öffentlichen Spazierweg gewählt —«

»Du hattest —?«

»Ja, Vater, Ortler bat mich um eine Zusammenkunft zu wichtiger Rücksprache in einem Briefe, den ich nur durch mündliche Anzeige von Ort und Stunde beantwortete. Wir sahen ein, daß sich das Geheimniß nicht länger werde bewahren lassen. Auch stand seine Abreise in den nächsten Tagen schon fest. Es mußte gehandelt werden, und dazu war eine Berathung erforderlich.«

»Geheimniß! Was für ein Geheimniß?«

»Das Geheimniß unserer Liebe, Vater.«

Er stand wie erstarrt. »Euerer — Liebe...?«

»Ja, Vater. Ortler liebt mich, und ich liebe ihn. Das ist eine wahre, echte Liebe, eine heilige Flamme der Herzen, die eins sind.«

Der Professor schlug die Hände über dem Kopf zusammen. »Aber Unglückskind, wie soll — wie kann —, wie ist's möglich...? Ah — ah — ah —! Das ist ja der tollste Unsinn, den die blindeste Unvernunft aushecken kann.«

»Wir waren übereingekommen,« fuhr sie fort, »daß Franz Dir von seinem neuen Bestimmungsort aus schreiben sollte. Wie die Dinge jetzt liegen, wird er sich schon hier auf der Stelle zu erklären haben.«

»Nein! Er wird sich nicht erklären — er wird nicht schreiben — er wird abreisen und nichts weiter von sich hören lassen! Wenn er Dir nur die geringste Achtung zollt...« Ein Stapel Aufsatzhefte war ihm unter die Hände gekommen, und er hob eins nach dem andern ab, um es auf die Diele zu werfen. »Unerhört!«

»Wir sind einig, Vater,« sagte Agnes, ohne jede Beängstigung die großen Augen zu ihm aufschlagend.

»Einig! Wie könnt ihr einig sein? Ich will's nicht. Es ist Unsinn. Ich schicke Dich fort.«

»Das wird nichts daran ändern, Vater. Wenn zwei einander lieben —«

»Das ist Einbildung.«

Sie lächelte.

»Deine Ueberspanntheit geräth auf schlimme Abwege. Du machst Dich unglücklich.«

»So macht mein Glück mich unglücklich. Ich fühl's als ein höchstes Glück, daß ich liebe — das andere muß getragen werden.«

»Kein Mensch wird das begreifen.«

»Wir verlangen's ja auch nicht.«

Er wurde von einem Stickhusten befallen. »Und kurz: es soll nicht sein — kann nicht sein. Ich will's nicht. Kein Wort weiter!«

Das letzte Heft flog auf den Boden, sein Gesicht glühte.

Agnes verließ das Zimmer. —

Aber das letzte Wort war noch lange nicht gesprochen. Er selbst fühlte schon am Abend, als er sich mehr beruhigt hatte, das Bedürfniß, mit der geliebten Tochter diese Herzensangelegenheit freundschaftlicher zu berathen. Er hatte ja tausend Gründe gegen ihren einen. Seine Vorstellungen, seine Bitten konnten nicht machtlos sein. Sie waren es doch.

Nun glaubte er eine Einwirkung auf Ortler versuchen zu müssen. Nach Allem, was er von Agnes erfahren hatte, durfte er ihn nicht für den gewissenlosen Verführer halten, den er sich zuerst ausgemalt hatte. Offenbar war ihm von Agnes eine Neigung entgegengetragen worden, die ihn selbst anfangs überraschte. Es ließ sich ihm kaum übelnehmen, daß er sie dann zu festigen bemüht war. Er mochte sich endlich zu einem förmlichen stillen Verlöbniß gerade durch die Umstände gedrängt gesehen haben. Das Unsinnige eines solchen ernst gemeinten Verhältnisses konnte ihm später doch unmöglich entgangen sein. Er würde vernünftig mit sich reden lassen, selbst den Rückzug antreten. Alle diese Erwägungen bestimmten den Professor, ihn um eine Unterredung zu bitten. Er selbst würde ihn zu angezeigter Zeit in seiner Wohnung aufsuchen. Es schien ihm dies weniger bedenklich, als wenn er ihn zu sich einlüde.

Das Stübchen, in welchem der Regisseur hauste, war in gute Ordnung gebracht. Wenigstens lagen Bücher, Rollen, Perücken und Cigarrenkisten nicht, wie sonst meist, auf Tischen und Stühlen umher. Die Decke über dem Bett, das er als Sofa zu benutzen pflegte, war geglättet und der über dem Schreibtisch hängende Ausputz von Lorbeerkränzen abgestäubt. Er ging dem Professor mit der Versicherung entgegen, daß ihn sein Besuch hoch erfreue und beglücke, was auch die Veranlassung sein möge. Die bekümmerte Miene des verehrten Gastes beweise ihm, daß er eine Aussprache über Dinge herbeizuführen wünsche, die seinem Herzen sehr nahe gingen. Er käme ihm selbst damit nur um einen Schritt zuvor und solle seine volle Aufrichtigkeit nicht zu vermissen haben.

Diese Rede war wohl vorbereitet und nöthigte Waldstätter, der gleich mit einer scharfen Anklage gemeint hatte vorgehen zu können, zu einer ebenso höflichen Entgegnung. Er sprach ihm von der überraschenden Entdeckung, die er hätte machen müssen, und rief seine Ehrenhaftigkeit an, sich seines Einflusses auf das Gemüth des thörichten Mädchens zu begeben. Es könne nicht seine Absicht sein, eine geachtete Familie, die ihn freundlich aufgenommen habe, bloßzustellen.

Ortler beugte sich vor, ergriff des Professors Hände und sagte mit weichem, leise zitterndem Ton: »Mein sehr verehrter Herr, ich kann es begreifen, daß Sie von Ihrem an sich vollberechtigten Standpunkt aus in großer Sorge sind und die Zuneigung Ihres Fräulein Tochter zu einem Schauspieler als eine durchaus beklagenswerthe Verirrung ansehen. Mögen Sie aber überzeugt sein, daß ich nicht leichtfertig die schmeichelhafte Begeisterung der jungen Dame für meine künstlerischen Leistungen ausgenutzt habe, um meine Eitelkeit zu befriedigen, sondern daß ich Fräulein Agnes von Grund meines Herzens liebe, daß sie mir teurer ist, als irgend ein weibliches Wesen mir je war oder je wird sein können, und daß auch Ihr Fräulein Tochter mir, wie ich weiß, eine wahrhaftige, aus dem Herzen strömende Leidenschaft entgegenbringt.«

Waldstätter wurde sehr unruhig. »Aber um so mehr muß ich doch verlangen,« stotterte er, »daß von Ihrer Seite etwas Entschiedenes geschieht, größerem Unheil vorzubeugen. Sie können doch nicht im Zweifel sein, daß es Ihre Pflicht ist, ein Verhältniß zu lösen, das jeder verständige Mensch beklagen muß.«

»Ich bitte Sie, nicht unbeachtet zu lassen,« bemerkte der Schauspieler, sich aufrichtend, »daß jeder verständige Mensch im Gegentheil nur ein Verhältniß zwischen Mann und Weib gelten lassen sollte, dem eine wahre und tiefe Herzensneigung zum Grunde liegt.«

»Das mag theoretisch —«

»Verehrter Herr Professor, ich kann da keinen Unterschied zugeben. Die Liebe ist eine Wissenschaft der Seelen, sie rechnet nur mit Gefühlen, und die sich unbewußt ergebende Uebereinstimmung in allen höchsten Lebensansprüchen ist der stärkste Beweis ihres heiligen Rechts. Eine solche Liebe —«

Der Professor that durch ein nervöses Räuspern seinem deklamatorischen Eifer Einhalt. »Lieber Herr,« sagte er, »das mag auf der Bühne sehr schön klingen, ist aber doch für das gewöhnliche Leben nicht brauchbar. Ich meine — verstehen Sie mich recht — es ist ja nur zu wünschen... hm, hm! Natürlich, wenn sonst Alles in guter oder wenigstens leidlicher Ordnung ist — ja wohl. Aber ein ehrenwerther Mann weiß, welche Rücksichten er einem ehrenwerthen Mädchen schuldet. Und da ich bei Ihnen eine Empfindung dafür voraussetze —«

»Soll ich das Mädchen, das ich liebe und das mich liebt, zwingen, mich zu verachten? Das kann unmöglich Ihr Wille sein. Wir haben einander gebunden, und schon die Ehre, die Sie selbst mir zusprechen, muß mir gebieten, gewissenhaft zu handeln.«

»Sie handeln aber nicht gewissenhaft, wenn Sie das Mädchen verleiten, sich in ein Liebesverhältniß einzulassen, das — das... Mit einem Worte: das nicht zur Heirath führen kann.«

»Und warum nicht?« fragte Ortler mit einer Dreistigkeit, die den alten Herrn verblüffte.

»Was — was?« stammelte er. »Sie haben daran gedacht —?«

»Aber was glaubten Sie denn, verehrter Herr Professor? Wenn Sie mir heute nicht zuvorgekommen wären, würde ich morgen das Geständniß meiner Liebe zu Ihnen getragen und um des geliebten Mädchens Hand angehalten haben. Das verstand sich doch ganz von selbst.«

Waldstätter sah ihn sprachlos vor Verwunderung an und schüttelte nur von Zeit zu Zeit den Kopf. »Hören Sie mal,« brachte er endlich mühsam heraus, »das — das — das kann ja gar nicht Ihr Ernst sein.«

Der Regisseur warf sich in die Brust. »Mein heiliger Ernst.«

»Sie wollen meine Agnes heirathen?«

»Ich kenne keinen sehnlicheren Wunsch, als sie ganz mein zu nennen.«

»Wie lange soll denn aber Agnes auf Sie warten?«

»Meinetwegen kann die Verbindung in wenigen Monaten geschlossen werden.«

Neues heftigeres Kopfschütteln. »Ihretwegen... Aber lieber Herr... Sie halten Agnes wahrscheinlich für wohlhabend?«

»Ich habe danach gar nicht gefragt.«

»Ich versichere Sie, meine Tochter hat gar nichts.«

»So stehen wir ungefähr gleich.«

»Wenn Sie auf den reichen Schwager bauen sollten —«

»O, ich weiß, daß er der Letzte wäre, von dem Agnes etwas annähme.«

»Nun also ...«

»Bin ich nicht ein Mann in den schaffenskräftigsten Jahren?«

»Wie alt sind Sie?«

»Siebenundzwanzig.«

»Und Agnes ist fast ebenso alt. Wie lange kann's dauern —«

»Haben Sie wirklich Grund, einem so schönen und geistvollen Weibe gegenüber meinen Wankelmuth zu fürchten?«

Dem Professor perlte der Angstschweiß auf der kahlen Stirn. »Aber nehmen Sie doch nur gütigst einen Augenblick Ihre Gedanken zusammen,« bat er. »Wovon wollen Sie denn einen Hausstand unterhalten?«

»Von meiner Gage natürlich.«

»Von Ihrer Gage! Sie haben doch kaum so viel, daß Sie selbst davon leben können.«

»Zugegeben — im Moment. Aber ich fange erst an und kann mich verbessern.«

»Um wieviel?«

»Ja — einschränken werden wir uns freilich müssen. Aber sagt nicht der Dichter so schön —«

»Lassen Sie den Dichter. Was haben Sie bestenfalls Ihrer Frau zu bieten?«

»O, bestenfalls —! Die Aussichten eines Künstlers sind eigentlich unbegrenzt. Es giebt Gagen, Gastspielhonorare —«

»Schwärmen Sie nicht ins Ungewisse! Hier gilt es mit der Wahrscheinlichkeit zu rechnen. Also unter gewöhnlichen Umständen.«

Ortler zog die Schultern. »Eine gewisse Einschränkung, wie gesagt, wird unvermeidlich sein. Aber Agnes erklärt sich zu ihr bereit. Und sollte die Liebe einer solchen Frau mir nicht ein Sporn sein —«

»Sie bauen Luftschlösser. Das ist manchmal eine recht angenehme Unterhaltung. Aber daß ich mein Kind in einen solchen Bau einziehen lasse — nein, nimmermehr!« Er stand auf. »Nimmermehr! Nie gebe ich meine Einwilligung. Versprechen Sie mir, solange Sie noch hier sind, jede weitere Annäherung an Agnes zu unterlassen, ihr nicht zu schreiben, auf sie in keiner Weise einzuwirken. Auch später nicht. Eine Thorheit will nur Zeit haben, sich selbst zu erkennen. Sie werden vergessen, Agnes wird vergessen —«

»Das glauben Sie nicht!«

»Sie versprechen mir —?«

»Ich verspreche nichts. Wie könnte ich das Vertrauen eines Engels täuschen?«

Der alte Herr seufzte schwer und ging. Auch hier war auf vernünftiges Einlenken nicht zu hoffen. Im Gegentheil hatte er weitere Beunruhigungen seines Kindes zu erwarten. Und dieses Kind war ihm so fest ans Herz gewachsen!

Unglaublich — eine solche Verirrung — unglaublich!

Und er mußte nun doch daran glauben.

Zwischen Vater und Tochter entspann sich ein Kampf, der tagelang fortdauerte, obgleich die Gründe und Gegengründe sehr bald erschöpft waren und nur immer wiederholt werden konnten. Er versicherte, ihn bestimme kein Vorurtheil gegen den Schauspielerstand, er wolle gern zugeben, daß er auch sehr ehrenwerthe und in der bürgerlichen Gesellschaft geachtete Mitglieder zähle. Wenn es sich um einen Mann in gesicherter Lebensstellung handelte, würde er auf seinem Widerspruch nicht bestehen. Mit leichtem Herzen freilich könnte er auch dann nicht einwilligen, denn er sei überzeugt, daß sich keine Frau, die nicht von frühester Jugend diesen Kreisen zugehört habe, in ihnen wohl fühlen könne. Aber Ortler sei noch nicht einmal etwas, besitze nichts, lebe wie ein Zigeuner und ziehe mit einer Schauspielerbande von Ort zu Ort, der anzugehören seiner Tochter eine Schmach sei. Ob sie sich denn wirklich ganz von ihrer Familie lösen, ob sie die Dienste einer Magd verrichten wolle? Ob sie glaube, jemals die sittlichen Anschauungen der Leute theilen zu können, mit denen sie verkehren müßte?

Und Agnes antwortete immer: »Habe ich denn einen Willen? Ich liebe diesen Mann und vertraue seiner Liebe. Wenn man liebt, hat man dann noch einen Willen? Und wie tief steht all das, was unsere Vereinigung hindern soll? Was wir uns selbst sind, entscheidet doch allein. Ich sehe seinen Stern — er ist im Aufsteigen — er wird bald mit seinem Glanz Alles um ihn her verdunkeln. Dann wird die gemeine Noth des Lebens uns nicht mehr anrühren. Und bis dahin —? Das geht vorüber — das ist ein jämmerliches Nichts gegen das Glückgefühl in uns. Zu einem Stück Brot reicht's gewiß auch immer noch aus.«

Der Professor ärgerte sich über ihre »verschrobenen Ansichten,« über ihre »Rücksichtslosigkeit gegen seine amtliche und bürgerliche Stellung,« über ihre »Nichtachtung der simpelsten praktischen Lebensregeln,« aber der Standpunkt, auf den sie sich stellte, war so hoch, daß alle diese Beschwerden weit unter ihm verhallten.

Was wußte man denn eigentlich von diesem Herrn Ortler? Was er selbst von sich erzählte, erweckte wenig Vertrauen zu seiner Stetigkeit. Und wahrscheinlich war er nicht einmal ganz aufrichtig. Was konnte da nicht Alles passirt sein, wovon man keine Ahnung hatte! Wenn man sich über jedes Bedenken hätte fortsetzen können — der moralische Charakter des Mannes mußte doch mindestens außer Zweifel stehen!

Der Professor zog Dr. Belling, der ja schon so viel wußte, nun ganz ins Geheimniß. Es werde ihm ein Leichtes sein, meinte er, unter der Hand zu erfahren, wie Ortler sich geführt habe. Zunächst hier in der Stadt, dann auch früher. Belling sagte seinen Beistand zu. Nach wenigen Tagen schon brachte er die Nachricht, Ortler habe überall Bären angebunden, nicht einmal seine Hauswirthin voll bezahlt. Sie drohe, ihm seine Garderobe zu pfänden, die seidenen Tricots nämlich, die großen Reiterstiefel, die Waffen und die Perrücken, die er selbst besitze. Aus einer Kleiderhandlung habe er wiederholt moderne Anzüge zu den Vorstellungen entliehen, den letzten aber nicht zurückgebracht, angeblich weil er mit der Fettschminke in unliebsame Berührung gekommen sei. Nach dem Theater pflege er viel zu trinken und nichts dagegen zu haben, wenn die Gäste seine Zeche bezahlen. Er habe auch schon ein Bänkchen aufgelegt, aber das Spiel doch wohl nur zum Vergnügen betrieben; um große Verluste oder Gewinne hätte es sich nicht gehandelt. Etwas geradezu Schlechtes könne man ihm nicht nachsagen.

Was der Professor hörte, genügte ihm auch schon. Es mußte Agnes doch überzeugen, daß die wirthschaftliche Lage des Mannes jeden Gedanken an eine eheliche Verbindung ausschloß. Aber er täuschte sich. Franz habe ihr selbst mitgetheilt, sagte sie, daß er seine Angelegenheiten bisher nicht nach Wunsch habe glatt ordnen können. Ein älterer Gläubiger verfolge ihn und beanspruche Theilzahlungen, die ihm von seiner Gage wenig übrig ließen. So habe er neue Schulden eingehen müssen. Sie seien aber unbedeutend. Er wolle sich in eine Lebensversicherung einkaufen und mit dem größeren Darlehn, das er dann leicht gegen mäßige Zinsen erhalte, alle diese Verbindlichkeiten berichtigen. Habe er erst eine geordnete Häuslichkeit, so werde er nicht mehr Abends nach dem Theater ins Wirthshaus zu gehen genöthigt sein.

Waldstätter forschte weiter nach. Er schrieb an Ortlers früheren Kommandeur und bat unter Andeutung des Grundes und Zusicherung strengster Discretion um Auskunft über sein Verhalten im Officierstande. Die Antwort lautete etwas gewunden, ließ aber doch durchblicken, daß der junge Lieutnant weit über seine Verhältnisse gelebt und Ehrenschulden contrahirt, auch zu einer Schauspielerin von bedenklichem Rufe in sehr intimen Beziehungen gestanden habe. Uebrigens aber sei er auf seinen Antrag des Dienstes mit schlichtem Abschied entlassen. Das kameradschaftliche Verhältniß betrachte er als gelöst, nachdem Ortler Schauspieler geworden; zu Uebungen sei er seitdem nicht mehr eingezogen. Doch wünsche er dem unzweifelhaft sehr talentvollen jungen Manne zum Eintritt in eine geachtete Familie alles Glück.

Diesen Brief zeigte der Professor Agnes. »Da siehst Du nun, was der Lieutnant auf sich hat,« sagte er. Agnes perlten unwillkürlich die Thränen aus den Augen. Aber sie blieb standhaft. »Du erfährst da wenig Neues,« bemerkte sie. »Franz hat uns ja ganz aufrichtig darüber unterrichtet, was ihn seinen Abschied zu nehmen nöthigte. Auch in welche Beziehungen zum Theater er getreten war... Ja, auch das. Der Herr Oberst scheint sich nicht einmal mehr sicher zu erinnern, was dabei eigentlich Anstoß erregt hatte. Und wenn wirklich eine Schauspielerin...« Die Thränen flossen reichlicher. »Man weiß ja, daß junge Officiere gern hinter den Coulissen verkehren, auch wenn nicht der künstlerische Beruf sie dorthin zieht. Man nimmt Ihnen das kaum übel. Und ich sollte auf eine so vage Beschuldigung hin an dem sittlichen Wert eines Mannes zweifeln, den jedenfalls nur die Liebe zur Schauspielkunst in die Berührung mit unreinen Elementen der Bühne brachte? Nein, nein! Er hat sich als ein Character bewährt.«

Dr. Belling, der seinem verehrten Kollegen gern nützlich sein wollte und mit Agnes aufrichtigstes Mitleid empfand, hatte auch in Ortlers Vaterstadt Erkundigungen eingezogen und manches Ungünstige in Erfahrung gebracht. Die sehr braven Eltern betrachteten ihren Franz als einen ungerathenen und fast schon verlorenen Sohn. Sie hatten sich gänzlich von ihm losgesagt. Seine Lehrer — hier hatte Belling anknüpfen können — gaben nicht nur seinem Fleiß, sondern auch seinem Betragen das schlechteste Zeugniß. Das Beste, was sie an ihm gelten ließen, war noch, daß er als ein guter Kopf galt und etwas leisten konnte, wenn er sich einmal zu einem Anlauf entschloß. Seine dummen Streiche seien Legion gewesen und mitunter hätten sie auch schon schlechte genannt werden können. Man sei des schlimmen Beispiels wegen, das er den anderen Schülern gegeben, froh gewesen ihn los zu werden, wenn man auch seinen Vater beklagt hätte.

Auch von diesen Berichten erhielt Agnes Kenntniß. »Es thut mir leid,« sagte sie, »daß Dr. Belling, den ich immer für einen Ehrenmann gehalten habe, sich zu so unwürdiger Spionage hergiebt. Warum forscht man nicht gar nach, was Franz in der Kinderstube getrieben? Als ob nicht beinahe jede Biographie eines genial veranlagten Menschen ergäbe, daß seine Lehrer mit ihm sehr unzufrieden gewesen und seine Begabung nicht erkannten! So ein Junge ist nicht wie andere. Wäre er's, so würde aus ihm auch nicht mehr. Dumme Streiche sind freilich noch lange nicht der Beweis eines ungewöhnlichen Kraftgefühls, Bewährt sich ein solches aber, so erklären sie sich leicht genug aus dem inneren Widerstreben gegen den Zwang der Schule, gegen die Pedanterie der Lehrer, aus dem eingeborenen Unabhängigkeitssinn des Genies, das sich noch nicht ernst bethätigen kann. Und daß seine Eltern jetzt nichts von ihm wissen wollen..., ja, das ist recht traurig, denn es beweist, daß sie in ihrer geistigen Beschränktheit auch kein rechtes Herz für ihn hatten. Franz ist zu stolz, sich ihnen zu nähern, solange er ihnen nur zeigen kann, daß er ein guter Schauspieler geworden, was sie gar nicht zu würdigen vermögen. Aber laßt ihn nach Hause kommen, wenn er beim Hoftheater in einem ersten Rollenfach angestellt worden und von seinen Gastspielen Orden und Ehrenzeichen mitbringt, dann werden sich ihm ihre Arme wieder liebevoll öffnen, und er wird der beste Sohn, der Stolz der Familie heißen. So klein sind die Menschen!«

Es schien vergeblich, sie umzustimmen. Je mehr gegen den geliebten Mann vorgebracht wurde, um so eifriger nahm sie seine Partei. »Du bist ganz blind,« sagte der Professor in heller Verzweiflung, »ganz blind.«

»Die Liebe ist blind,« antwortete sie. »Und was wäre sie denn, wenn sie nicht in eurem Sinne blind wäre und sich beirren ließe durch alles Zufällige, was das Urtheil bestimmt? Weil sie göttlichen Ursprungs ist, darum folgt sie nur der göttlichen Stimme, die ihr das Ziel weist. Weil sie blind ist, deshalb ist sie sehend!«

Der arme Professor wußte sich keinen Rath mehr. Er schrieb an seinen Schwiegersohn und trug ihm den Fall vor. Von Frida waren stets die heitersten Briefe angelangt: sie hätte sich eine Hochzeitsreise, »und überhaupt die Welt,« wie sie ergänzte, gar nicht so schön gedacht. Nun fügte sie der Antwort Steigers eine Epistel an Agnes bei, die sich im schärfsten Ton über die Schwester entrüstete, deren Neigung zu einem vagirenden Schauspieler für unbegreiflich und die Absicht, ihn zu heirathen, für ganz abenteuerlich erklärte. Der Papa nehme gewiß die Sache viel zu ernst; sie verbiete sich ja von selbst. Man brauche doch nur ein ganz klein wenig die Vernunft sprechen zu lassen, um sich vor solchem Elend zu bewahren. Es folgte dann eine Schilderung der glücklichen Tage, die sie an der Seite ihres trefflichen »Alten« in paradiesischer Gegend verlebe. »Er ist sehr verständig,« schloß sie, »und verlangt nicht, daß ich mich in ihn verliebe. Daher erlaube ich ihm, ganz nach Herzensbedürfniß den galanten Ehemann zu spielen, was ihm großen Spaß macht. Ich bin überzeugt, wir werden einander, wenn wir nach Hause kommen, schon recht gut sein. Du glaubst nicht, wie hübsch es ist, unbekümmert aus dem Vollen wirthschaften zu können. Häusliche Noth denke ich mir furchtbar. Der hält keine Liebe stand. Ein gewisser Wohlstand gehört nun einmal zum Leben; recht genießbar macht man sich's freilich nur, wenn man von ihm nichts Ueberschwengliches fordert und stets zehn Schritte weit hinter seinen Idealen zurückbleibt, als sie überhaupt eine Annäherung gestatten. Das ist kein hoher Standpunkt, aber ein praktisch brauchbarer und auch, für die Umgebung nützlicher. Ich möchte Dir rathen, Dich auf ihn zu stellen, wenn ich nicht recht gut wüßte, daß kein Mensch sich rathen läßt, außer man käme denn schon halb seinen Wünschen oder Zweifeln entgegen. Aber es giebt doch Mauern so hoch und so dick, daß man nur über sie hinweg kann, wenn man Flügel an den Schultern hat. Und die wollen uns nun einmal nicht wachsen. Vor so einer Mauer stehst Du. Ich bitte Dich, weil ich Dich von Herzen lieb habe, kehre um, bevor Dich Jemand da bemerkt. Man würde Glossen machen, die Dir sehr verdrießlich sein müssen. Und uns auch. Mit besten Grüßen Frida.«

Steiger schrieb in seinem trockenen Geschäftsstil. Er bedauere, daß die verehrte Schwägerin sich diesen Kummer bereite. Von einer ehelichen Verbindung mit einem Menschen, der selbst kaum nothdürftig das tägliche Brot habe, könne ja doch nicht die Rede sein. Handelte es sich darum, einem vertrauenswürdigen jungen Manne die erforderlichen Mittel zur Begründung einer gesicherten Lebensstellung zu verschaffen, so würde er gern zur Aushülfe bereit sein. Aber ein Schauspieler... Und so weiter.

Agnes zerknitterte Frida's Brief. »Wir haben einander nie verstanden,« sagte sie, »und jetzt steht etwas zwischen uns, das jedes Verständniß unmöglich macht. Sie begreift nicht, daß es höher geartete Naturen giebt, denen das Glück etwas anderes bedeutet als ihr. Aber sie sollte begreifen, daß sie mich nicht beleidigen darf, ohne sich selbst zu schmähen. Wir sind fertig miteinander.«

Für Steigers wohlwollende Absichten hatte sie nur ein mitleidiges Lächeln. »Er wäre der Letzte, von dem ich etwas annähme,« versicherte sie. Das hatte Waldstätter schon von Ortler gehört.

Indessen war die Zeit herangekommen, in der die Truppe aufbrechen und nach einer anderen Stadt übersiedeln sollte. Es gab noch eine Anzahl von Benefizvorstellungen für beliebte Mitglieder, und Agnes fehlte nie im Theater. Die Thürschließerin steckte ihr Briefchen zu. Am Tage vor der Abreise stattete Ortler in den Häusern, die ihn gastlich aufgenommen hatten, pflichtschuldigst Visiten ab. Es konnte nicht auffallen, daß er dieselbe Höflichkeit auch dem Professor erwies. Freilich wählte er eine Stunde, in der er im Gymnasium war, was ihm ja nicht bekannt sein durfte. Agnes empfing ihn. Er blieb kaum über die übliche Visitenzeit hinaus und sagte beim Fortgehen in der offenen Thüre so laut, daß es in der Küche verstanden werden konnte, in ganz förmlichem Ton: »Haben Sie die Güte, gnädiges Fräulein, mich Ihrem Herrn Vater zu empfehlen. Ich bedaure sehr, ihn nicht angetroffen zu haben.« Agnes antwortete nicht. Die Küsse, mit denen er den Schwur seiner ewigen Liebe besiegelt hatte, brannten ihr noch auf den Lippen. Sie sank in einen Sessel und bedeckte das Gesicht mit den Händen.

Waldstätter fand die Karte auf seinem Tisch. »Der ist hier gewesen? P. p. c. Aha! Nun — Gott sei Dank! Man wird doch endlich wieder ruhig schlafen können.«

Es vergingen einige Wochen. Agnes erhielt Briefe, die sie geheim hielt, und schrieb Adressen mit verstellter Hand. Der Professor wußte nichts davon. Nun meldete auch das Steigersche Ehepaar seine Rückkehr in nächster Zeit. Das schien Agnes sehr zu beunruhigen. Es hielt sie nicht bei irgend einer Arbeit; ihre Wangen waren immer fieberhaft geröthet, die krankhaft großen Augen starrten oft in's Leere, die Finger zuckten nervös, ihre leise Sprache hatte einen zitternden Klang, als wagten sich die Worte nur ängstlich über die Lippen. Die besorgten Fragen des alten Papas beantwortete sie kurz abweisend, seinen Zärtlichkeitsbezeugungen entzog sie sich wie erschreckt oder unangenehm berührt durch dieselben. Er ließ sie gewähren. Es wird noch eine Weile dauern, dachte er, bis sie wieder ganz in Ordnung kommt.

Eines Tages beim Abendessen sagte Agnes: »Du warst der Meinung, Vater, daß es für mich am besten sei eine Zeitlang in anderer Umgebung zu leben, und schlugst einen längeren Besuch bei Deiner Schwester vor. Ich wollte darauf nicht eingehen, weil es mir widerwärtig war, Dich über die Aussichtslosigkeit dieses Mittels, meine Gesinnung zu ändern, in einer Täuschung zu bestärken. Was hätte eine solche Flucht nützen können? Jetzt handelt es sich nicht mehr darum, und ich kann meine Bedenken fallen lassen. In den nächsten Tagen kehrt Frida zurück. Ich gestehe, daß es mir etwas Peinliches hat, sie unter so veränderten Umständen in einem Hause mit mir zu wissen; und ich bin auch ebenso überzeugt, daß sie selbst nur mit beklommenem Herzen an den Verkehr mit mir denkt, sie wird sich erst als Frau einwohnen wollen. Es wäre ja auch unausbleiblich, daß bei dem ersten Begegnen ein Meinungsstreit ausbrechen müßte, der mich nöthigte, die Steigersche Wohnung zu meiden. Wie häßlich wäre das! So ist es denn wohl gerathen, ich gehe allen diesen Unzuträglichkeiten aus dem Wege. Wenn Du also einverstanden bist, reise ich jetzt.«

Das kam dem alten Herrn freilich nun sehr überraschend. Die Gründe wollten ihn nicht recht überzeugen, und es schien ihm fast für Frida und ihren Mann etwas Verletzendes darin zu liegen, wenn Agnes nicht ihre Rückkehr abwartete. Aber sie war nun einmal wunderlich und jetzt offenbar auch krank. Daß sie sich zusammennehmen und ihren Verdruß nicht merken lassen werde, stand nicht zu erwarten. Wie sie die Dinge außer sich betrachtete, konnte sie unmöglich ein erfreuliches Verhältniß zu ihnen gewinnen. Sie mußten sich erst in ihrer Vorstellung als unabänderlich befestigt haben, wenn sie ihren Gleichmuth nicht weiter stören sollten. Dann konnte wieder Alles gut werden. Es war vielleicht wirklich ein kluger Gedanke von Agnes, die Tante zu besuchen, die ihr in der großen Stadt allerhand Zerstreuungen bereiten konnte. Eine ganz andere würde sie sicher zurückkehren.

So gab er denn seine Einwilligung. Agnes übernahm es, sich anzumelden. Sie packte dann eifrig ihre Sachen. Alles, was sie an Kleidern und Wäsche besaß, wurde in einem großen Reisekorb, und einem Koffer untergebracht. Auch einige Lieblingsbücher nahm sie mit. Der Professor, der das fertige Gepäck sah, bemerkte kopfschüttelnd: »Du scheinst Dich ja zu langem Ausbleiben gerüstet zu haben.«

»Es ist für alle Fälle,« entgegnete sie.

Er versorgte sie so reichlich mit Reisegeld, als seine Kasse es erlaubte. »Ich kann Dir ja mehr nachschicken,« meinte er. »Amüsiere Dich nur recht gut.«

Sie schwieg darauf.

Am andern Morgen nahm Agnes Abschied. Es war ein Wagen gemiethet worden, der sie mit ihren Sachen zur Bahn bringen sollte. Das Mädchen hatte sie zu begleiten, da der Professor ins Gymnasium mußte. Sie suchte sich den Anschein zu geben, als lohne es gar nicht, von der kleinen Reise groß Aufhebens zu machen, aber es wollte ihr nicht glücken. Ihre Gesichtsfarbe war aschfahl, das Auge wie verschleiert, und sowie sie einige Worte sprach, versagte die Stimme und rollten die Thränen. »Es wird Dir doch nicht so leicht...« sagte er, selbst bewegt. Da stürzte sie ihm an die Brust, schlang die Arme um seinen Hals und schluchzte krampfhaft. »Mein lieber Vater — « rief sie, »bleibe mein lieber Vater! Immer — immer!« Dann riß sie sich los, drückte ihm abgewandt die Hand und eilte aus dem Zimmer nach dem Wagen.

»Ein wunderliches Geschöpf,« murmelte er. —

Zwei Tage darauf traf das junge Paar ein.

Frida warf schon in der mit einer Tannenguirlande geschmückten Hausthür den Mantel ab und stürmte die Treppe hinauf dem alten Papa entgegen, der sie glückstrahlend in seinen Armen empfing. »Ach, es war wunderschön,« rief sie, ihn abküssend, »aber nun doch genug, und diese letzten Reisetage sehr strapazant! Gut, daß wir zu Hause sind. Nicht wahr, Alter?« Sie blickte nach ihrem Mann um. »Ach, die Kinder!«

Sie sah sie im Flur stehen, eilte hinab, umfaßte alle drei zugleich und hob dann jedes einzelne auf, um es ans Herz zu drücken und zu küssen. »Reizende Dinger!« rief sie, wieder vom ersten anfangend. »Na wartet, wir haben euch auch viel schöne Sachen mitgebracht. Laßt mich nur erst auspacken!« Wenigstens eine Tüte mit Süßigkeiten, von denen sie selbst unterwegs genascht hatte, zog sie aus ihrer Handtasche und gab sie ihnen zur Vertheilung. »So komm doch nur erst hinein,« bat Steiger, der indeß den Professor begrüßt hatte. Und nun ging's im Sturmschritt durch alle Zimmer der großen Wohnung. »Jetzt bleib' ich immer bei euch!«

»Wo ist denn Agnes?« fragte Steiger nach einer Weile.

»Ja, Agnes, Papa — wo ist Agnes?«

Er wurde verlegen. »Zu meiner Schwester gefahren —«

»Ach!« riefen sie beide. Das Gespräch verstummte einige Minuten. Dann folgte die nöthigste Aufklärung.

Eine Woche verging, ohne daß von Agnes ein Brief kam. Waldstätter fing an sich zu beunruhigen. »Sie hätte doch schon längst wenigstens ihre glückliche Ankunft anzeigen müssen,« meinte er. Er wartete noch ein paar Tage. Dann verlor er die Geduld. Er schrieb an seine Schwester und bat sie, Agnes wegen ihrer Nachlässigkeit auszuschelten.

Schon nach vierundzwanzig Stunden kam die Antwort zurück, sie sei wegen seines Schreibens sehr verwundert gewesen. Von einem beabsichtigten Besuch habe ihr Agnes nichts geschrieben: sie sei auch bisher ohne Anmeldung nicht eingetroffen. Was das denn zu bedeuten habe?

Dem Professor wurde sehr bange. Er lief ganz rathlos zu Steiger hinunter. »Da lesen Sie!«

»Ja … Hm … Es scheint …«

»Was scheint? Sollte Agnes sich entfernt haben, um an irgend einem weit von der Heimath entlegenen Orte — ihrem jungen Leben …«

Steiger lehnte durch eine Bewegung der Hand und der Augen ab. »Ach …«

»Ja, sie wäre dessen fähig,« eiferte der alte Herr.

»Wollen Sie nicht einmal erst in der Stadt nachfragen, in der jetzt die Theatertruppe spielt?«

»Was — was? Sie meinen …« der alte Herr starrte ihn an.

»Es wäre doch denkbar, daß Ortler etwas von Agnes wüßte.«

»Wie? Dieser Mensch sollte … Nein! So weit vergißt sich meine Tochter nicht. So weit nicht.«

»Lieber Papa, man hat Beispiele —«

»Ah — ah — ah!«

»Nun, wär's Ihnen denn wirklich lieber zu hören, Agnes sei ins Wasser gegangen als —«

»Ich mag's gar nicht ausdenken! Was rathen Sie mir?«

»Suchen Sie sofort Ortler auf, stellen Sie ihn zur Rede, nehmen Sie die Hilfe der Polizei in Anspruch. Trifft meine Vermuthung zu, so wird es Ihnen gelingen, Agnes von ihm zu trennen. Das ist unter allen Umständen nöthig, mag auch das Schlimmste geschehen sein. Ob dann Ihre Frau Schwester, oder ein Pfarrer auf dem Lande …«

Der Professor wühlte in seinem grauen Haar. »Ja, ja! Das muß geschehen,« murmelte er, »das muß … Aber ich werde dort nichts Kluges anzufangen wissen. Und was soll ich meinem Direktor sagen, wenn ich … Lügen kann ich doch nicht,«

Steiger erbot sich, für ihn zu handeln. Er sah jetzt selbst ein, daß der alte unpraktische Mann nichts ausrichten werde. Aber er kehrte sehr bald mit der Nachricht zurück, Regisseur Ortler habe einen vierzehntägigen Urlaub genommen und über seinen Aufenthalt während desselben nichts zurückgelassen. Ihn zu ermitteln müßte unmöglich erscheinen.

»Sie haben sich zusammen das Leben genommen,« klagte der Professor.

»Es wäre vielleicht …« Steiger vollendete den Satz nicht.

Nach einigen Tagen langte ein Brief an. Der Professor erkannte seiner Tochter Handschrift und riß ihn hastig auf. Er lautete:

»Mein lieber, lieber Vater!

Du wirst mir nie verzeihen, was ich gethan. Aber ich konnte nicht anders. Ich hatte mich überzeugt, daß Du nie Deine Einwilligung zu unserer Verbindung geben würdest — wohl auch nicht konntest. Meine Schwester — ihr Mann — die Verwandten — die Kollegen — der ganze Umgangskreis … Alles war entgegen. Und mit Recht, ich sehe das ein, aber ich liebe den Mann, dem ich mich anvertraut habe, und Liebe steht höher, als alle Vernunft. Ich war in dem Alter, selbständig über mich bestimmen zu können, und ich habe über mich bestimmt. Ich bin in Hamburg mit Ortler zusammengetroffen, und wir haben uns dann nach Helgoland begeben. Dort ist unsere Ehe in aller Form geschlossen und auch kirchlich eingesegnet. Wir haben dann, von den wenigen Fremden unbeachtet, von Wind und Wogen umstürmt, auf dem wundersamen Felseneiland glückliche Tage verlebt. Ach, wie glückliche Tage! Wenn Du wüßtest, was Franz… Aber ich habe mir vorgenommen, nur das Nothwendige zu schreiben. Wir sind zurückgekehrt und versuchen, uns unser dürftiges Heim mit allen Mitteln der Phantasie zu einem Zauberschloß umzugestalten. Es wird uns gelingen. Gewiß, gewiß! Das ist meine Zuversicht für und für. Lieber Vater! Dieser Brief muß mein letzter sein; und ich bitte Dich, schreibe mir nicht. Ich weiß Alles, was Du mir sagen kannst, und ich empfinde es tief. Aber Deine Vorstellungen, Deine Klagen, Deine Vorwürfe können nichts mehr ändern. Ich weiß, daß Du mir zürnst, daß ich mich aus dem väterlichen Hause ausgeschlossen habe. Ich hoffe, nicht für immer. Es wird eine Zeit kommen, und vielleicht ist sie nicht allzufern, in der die geniale Begabung meines Mannes für seinen Beruf Anerkennung gefunden und ihm die richtige Stätte zur Wirksamkeit angewiesen haben wird. Dann wirst Du ihn mit Stolz Deinen Schwiegersohn nennen, mein Loos an seiner Seite für beneidenswerth erklären. Aber bis dahin… Wir sind entschlossen, uns ganz auf die eigene Kraft zu stützen. Da werden denn schwere Kämpfe mit der Noth des Lebens unausbleiblich und unvermeidlich sein. Wir wollen sie ausfechten wie ein paar tapfere Gesellen, die jeden Augenblick bereit sind, füreinander und miteinander in den Tod zu gehen. Aber unser Schicksal soll Niemand treffen, als uns selbst, die wir uns stark fühlen, alle seine Wetterschläge zu tragen. Ich kenne die engen Grenzen der bürgerlichen Meinung. Ihr dürft sie nicht überschreiten, ohne eure ganze Lebensstellung zu gefährden. Ihr sollt sie meinetwegen nicht überschreiten, denn zu mir könntet ihr jetzt doch nicht; ihr selbst steht zu fest in ihrem Bann. Zwischen uns ist die Kluft auch so groß, daß keine Brücke hinüberreicht. Deshalb bitte ich Dich, mein lieber Vater, betrachte mich als eine verlorene Tochter und laß mich in der kleinen Welt, in der Du lebst und in Ehren stehst, so erscheinen. Sei jeder Verkehr zwischen uns aufgehoben! Ich werde deshalb nie daran zweifeln, daß ich eine Stelle in Deinem treuen Herzen behalte, wie Du mir jetzt auch zürnen magst. Und Du, glaube, daß ich nie mehr aufhören werde, mit der innigsten und dankbarsten Verehrung Deiner zu gedenken.

Lebt wohl — lebt wohl!

Agnes Ortler.«

Der Professor starrte lange auf die Unterschrift.

Agnes Ortler. — Es war ihm sehr weh zu Muth. Und wie er auch die Lippen zusammenkniff, die Augen wurden ihm feucht. Sie hat recht, wiederholte er sich tausendmal, wir können so nicht zu einander. Ich bin zu arm, und sie ist zu stolz — und sie liebt den Mann, der ihr Verderben sein wird. »Leb’ wohl,« flüsterte auch er und küßte das Blatt.

V.

Fünf Jahre waren vergangen. In dem Städtchen hatte sich wenig verändert. Zwei neue Häuser waren gebaut oder noch im Bau, einige andere abgeputzt. Dem längst schadhaft gewordenen rostbraunen Spitzdach der alten Kirche waren frischrothe Ziegelreihen eingeflickt, worüber die ästhetisch Gebildeten sich entrüsteten, die Uhr am Rathhause hatte noch immer die Gewohnheit, falsch zu gehen, einige Kaufmannsschilder glänzten in neuer Aufschrift, einige Schaufenster zeigten sich den Anforderungen der Zeit gemäß vergrößert, der Apotheker ließ die ganze Nacht durch über seiner Thür eine rothe Laterne brennen, und im Gymnasium waren während der letzten Sommerferien sämmtliche Schulzimmer geweißt; die üblichen Todesfälle, Hochzeiten und Kindtaufen in den Honoratiorenfamilien hatten vorübergehend von sich reden gemacht. Sonst hatte das Intelligenzblättchen nicht viel zu melden gehabt.

Auch das Steigersche »Landhaus« stand noch, wie es gestanden hatte, das einzige vor dem Thor. Nur weiter hinaus waren neue Fabrikgebäude errichtet, da das Geschäft sich noch immer mehr vergrößerte. Professor Waldstätter, obgleich nun ganz allein, hatte die für ihn viel zu große Wohnung aus alter Gewohnheit beibehalten, aber eine erfahrene Wirthschafterin angenommen, deren ehrgeiziges Streben es war, sich möglichst wenig störend bemerkbar zu machen. Der Professor hatte sehr gealtert. Nur dünn lag das Haar über der hoch hinauf kahlen Stirn, tiefe Falten furchten die farblosen Wangen, und ein grämlicher Zug setzte sich mehr und mehr um den Mund fest, dessen Zahnreihen selbst vorn schon arge Lücken zeigten. Er hatte immer über seine Jahre alt ausgesehen; jetzt, mit wenig über sechzig, fing er schon an, eine gebückte Haltung anzunehmen. Man wunderte sich darüber. Mein Gott, der Mann hat doch gar keine Sorgen! Einige alte Freunde wußten es besser. Er kann seine älteste Tochter nicht vergessen.

Das Leid freilich zehrte still an ihm. Ganz still. Er sprach nie von Agnes, und man wagte nicht an sie zu erinnern. Er hatte auch seine äußere Lebensweise nicht geändert, verkehrte in der Stadt, wie früher, und konnte in Gesellschaft munter plaudern. Nur im Allerinnersten nagte der Wurm.

Und jedesmal, wenn er seine Berliner Tageszeitung las, überflog er erst das Feuilleton mit den Theaternachrichten, ob nicht eine Notiz über Ortler zu finden sei. Da wurden ja so viele Namen genannt, die nicht gerade großen Berühmtheiten angehörten. Einmal nur, wohl noch im ersten Jahr, berichtete eine Kritik über die Aufführung der »Räuber« an einem der Vorstadttheater der deutschen Metropole in jenem witzigen Stil, der sich mit der Leistung nur beschäftigt, um die Leser zu amüsiren. Da hieß es, ein Herr Ortler habe den großen Räuber Moor echt räubermäßig im Geschmack der reisenden Dorfvirtuosen tragirt und die Galerie zu Beifallsstürmen hingerissen. Ein gleich genußreicher »Hamlet« stehe noch bevor und werde allen Shakespearekennern empfohlen. Der Referent schien zu ihnen nicht gehört zu haben; wenigstens fehlte jeder Bericht. Sollte die Vorstellung nicht einmal eine abfällige Besprechung verdient, sollte sie keine Gelegenheit zu spöttischen Bemerkungen gegeben haben und deshalb an dieser Stelle unbeachtet gelassen sein? Bei späteren Aeußerungen über diese Bühne kehrte der Name Ortler unter den Darstellern nicht wieder. Irgend ein Theaterblatt wurde im Städtchen nicht gehalten, selbst in der Konditorei nicht, die sich des Rufs eines öffentlichen Lesekabinets erfreute. Hätte der Professor auf ein solches abonnirt, so wäre darüber des Redens kein Ende gewesen. Das durfte er nicht wagen. Bei der Truppe, die auch das Städtchen besuchte, war Ortler schon bei deren nächstem Besuch nicht mehr. Das hatte der alte Herr nicht anders erwartet. Einmal überwand er sich, Dr. Belling um die Gefälligkeit zu bitten, sich unter der Hand nach dem früheren Regisseur zu erkundigen. Die Frau Direktorin wollte gehört haben, daß er nach Rußland gegangen sei und irgendwo in den Ostseeprovinzen ein Unterkommen gefunden habe. Aber auch dort sei er nicht lange geblieben. Vielleicht habe er sich einen andern Namen beigelegt, um die Gläubiger von seiner Spur abzuleiten. »Ein Windhund,« hatte sie in ihrer derben Manier zugefügt, »aber ein genialischer Kerl! Wenn der einen großen Beutel mit Geld gehabt hätte, es wär' was Großes aus ihm geworden. Und heirathen hätt' er nicht müssen. Noch dazu eine

Dame, die bis dahin nur in der Loge gesessen hat. Der reine Selbstmord, für so einen!« Das hatte Dr. Belling für sich behalten.

Unten bei Steigers schien es lauter frohe Tage zu geben. Zwischen den Eheleuten und zwischen der Stiefmutter und den Kindern herrschte das beste Verhältniß. Sie selbst hatte ihrem Manne rasch nacheinander ein Söhnchen und ein Töchterchen geschenkt. Das konnte ihre Neigung zu den Stiefkindern nicht beeinträchtigen, zumal diese über die kleinen Geschwister glückselig waren und in ihnen das reizendste Spielzeug entdeckten. »Es ist ja genug da für Alle,« sagte sie lachend, »aber meinetwegen braucht der Storch jetzt keins mehr zu bringen.« Sie hatte sich nach und nach ihre Wohnung sehr gemüthlich eingerichtet, indem sie die Möbel nach ihrem Geschmack umstellte und ergänzte, auch die Wände mit Bildern schmückte. Sie hatten aus Italien gute Kopieen von berühmten Meisterwerken, Aquarelle und große Photographieen mitgebracht, wie sie's wünschte, und konnten alle die schönen Sachen nun kaum unterbringen.

Zum Geburtstage schenkte der aufmerksame Gatte ihr das Porträt des Papas, von einem tüchtigen Maler gemalt, den er zu diesem Zwecke hatte kommen lassen, und nun mußte sie ihm den Gefallen thun, auch zu ihrem Bilde zu sitzen. »Was willst Du damit?« scherzte sie, »Etwa vergleichen, wie ich alle Tage älter und häßlicher werde? Wenn die Kinder erwachsen sind, haben sie ja an die Mama von damals gar keine Erinnerung. Man sollte immer warten, bis man an die Grenze kommt, wo's bergab geht. Das ist der richtige Moment, sich zu verewigen. Aber wenn Du mich durchaus in Oel haben willst — ich werde still halten, so gut ich kann. Wenn ich mich nur nicht in den Maler verliebe, weil die Sitzungen gar so langweilig sind!« Er gab ihr Vollmacht. »Solche Thorheiten begehst Du nicht,« sagte er, »das Stillhalten wird Dir freilich schwer werden.« Damit traf er das Richtige. Der Maler meinte, noch nie sei ihm ein Porträt so schwer geworden; jeden Augenblick verändere sich der Gesichtsausdruck. Sie mußte auch stets eins von den Kindern zum Plaudern bei sich haben. »Können Sie glauben, gnädige Frau, daß ich noch immer nicht dahinter gekommen bin, was eigentlich Ihre Augen für eine Farbe haben?« fragte er einmal ganz verzweifelt.

Steiger brachte nach wie vor einen großen Theil des Tages in der Fabrik zu. Sobald er nach dem Morgenkaffee die Zeitungen gelesen hatte, ging er gewöhnlich bald, kehrte kurz vor dem Mittagessen zurück, schlief nach der Mahlzeit eine halbe Stunde und begab sich dann wieder ins Geschäft, um selten vor Abend zurückzukehren. Fuhr man dann nicht in Gesellschaft, oder war nicht Besuch zu erwarten, so ging er häufig noch ein Stündchen ins Kasino, die gewohnte Partie Karten oder Billard zu spielen, und die Tagesneuigkeiten zu erfahren. Frida »hatte von ihrem Manne nicht allzuviel,« wie die Freundinnen urtheilten; aber sie selbst war ganz zufrieden damit und schickte ihn regelmäßig bald fort, wenn er Miene machte, »sich ihr zu opfern.« Das geschah immer in bester Laune. »Mir ist's ganz recht,« sagte sie, »wenn mein Mann viel beschäftigt ist. Dann bleibt er auch in guter Stimmung. Beim Kaffeetisch, bei der Tafel und Abends vor dem Schlafengehen unterhalten wir uns sehr gemüthlich. Ein Weilchen hält er's auch im Kindergeschrei aus, aber seine Nerven sind bald angegriffen. Was sollen wir am Ende auch viele Stunden miteinander anfangen? Seine Fabrikgeschichten sind so langweilig, und wenn ich ihm einen Roman erzähle, den ich eben lese, schläft er ein. Zum Kartenspiel habe ich gar keinen Kopf, vergesse immer, was heraus ist, und darüber hat er dann gerechten Aerger. Warum bin ich auch so dumm oder zerstreut? Der Tag wird mir gleichwohl nicht lang. Ich habe ja die Kinder!«

Den Kindern widmete sie nun wirklich einen großen Theil der Zeit, mit ihnen arbeitend oder spielend. Um die Wirthschaft bekümmerte sie sich nur so von oben her. Da war sie ganz die vornehme Dame, die nur Anordnungen trifft und die Ausführung der geschulten Dienerschaft überläßt. »Wozu soll man sich mit diesen verdrießlichen Dingen plagen,« meinte sie, »wenn man so viele Hände zur Verfügung hat, als man nach seiner Bequemlichkeit brauchen will? Die Wirthin versteht das Alles doch besser als ich. Und ob ein bißchen mehr oder weniger drauf geht, darauf kommt's ja zum Glück nicht an. Mein guter Mann hält mich nicht knapp. Er küßt gern meine weichen und weißen Hände. Wollt' ich sie ihm einmal rauh und schwarz von der Arbeit hinreichen, da käm' ich schön an. Dann wär' ich gar nicht mehr seine liebe Puppe, wie er mich mit Vorliebe nennt. Na — hin und her ein Weilchen kann man ja schon mit sich spielen lassen, wenn man sonst einen so verständigen Mann hat.« Sie tändelte mit den Kindern, las, malte ein wenig, musizirte, wenn sie gerade im Vorbeigehen das Klavier offen fand, empfing Visiten, machte Besuche und war immer vergnügt. Nach allgemeiner Schätzung eine sehr liebenswürdige und eine sehr glückliche Frau.

Man sprach von einer Musterehe. Wie gut die beiden Leutchen einander behandelten! Man hörte nur Scherzworte, wenn sie in Gesellschaft zusammenstanden. Er plagte sie nicht durch Eifersucht, und sie vergaß nie die Rücksicht, die sie dem so viel älteren Manne schuldete. Beide hatten sie nicht das Bedürfniß, aneinander große Anforderungen zu stellen. Was Jeder that, war dem Anderem genehm. Und sie paßten auch so gut in den kleinstädtischen Umgangskreis! Zu Steigers eingeladen zu werden, galt überall als ein frohes Ereigniß.

An Agnes dachte Frida wohl auch mitunter, aber ohne sich in ihrem heiteren Lebensgenuß sonderlich stören zu lassen. In der Gesellschaft wurde von ihr nach einer Art von stillschweigendem Abkommen gar nicht gesprochen. Sich nach ihr zu erkundigen wäre unhöflich gewesen, denn man wußte ja, daß sie für die verlorene Tochter galt. Im engsten Kreise, besonders bei Familienfesten, erwähnte der Professor ihrer wohl als einer leider abwesenden und gänzlich verschollenen; aber es wurden dann immer nur dieselben traurigen Vermuthungen ausgetauscht, und das Gespräch ging bald auf einen anderen Gegenstand über. Die schlimmsten Befürchtungen mußten sich doch bewahrheitet haben, sonst hätte sie gewiß einmal geschrieben. »Sie hat's ja doch so gewollt,« meinte Frida, oder auch: »Wer kann denn wissen…? Wie sie sich nun einmal zu uns gestellt hat, so kann ich mir denken, daß sie nicht schreibt, auch wenn es ihr in ihrer Weise ganz gut geht. In unsere Weise wollte sie sich ja doch nicht fügen.« Das klang durchaus nicht lieblos, sondern wie der Ausspruch von etwas Selbstverständlichem. Frida ließ sich nicht gern verstimmen, wenn doch nicht zu helfen war. An meiner Stelle, dachte sie, würde sie nun schon gar nicht das Glück gefunden haben, das sie suchte. Nicht daß sie ihr wirkliches Glück geringer hielt, als jenes geträumte! Sie verglich nur und stellte einen Erfahrungssatz auf. —

Eines Tages, nicht lange nach dem Mittagessen, kam Waldstätter ganz verstört hinunter und polterte ohne anzuklopfen in das hintere Zimmer hinein. Er hatte einen Brief und das dazu gehörige eilig aufgerissene Couvert in der Hand. »Da lest — lest — lest —,« schnaufte er, reichte Steiger das Blatt und warf sich in den nächsten Sessel.

Steiger lag in seinem Schaukelstuhl und hatte nur knapp ausgeschlafen. »Aber was giebt's denn?« fragte Frida, die ihm die Schlummerrolle fortnahm, verwundert und setzte sich auf die Seitenlehne, um in den Brief blicken zu können. »Von wem kommt…« Sie hatte von der Decke das Couvert aufgenommen und fand darauf den Namen des Absenders: Franz Ortler. »Ah — von Ortler!«

»Ja, von Ortler,« stöhnte der Alte. »Lest nur, lest!«

Ortler schrieb aus einem weitentlegenen kleinen Ort in Oesterreich:

> »Verehrter Herr Professor!
>
> Es ist eine sehr traurige Notwendigkeit, daß ich mich Ihnen noch einmal in Erinnerung bringe. Sie werden begreifen, daß ich jetzt nicht schweigen darf.
>
> Vor acht Tagen hat Agnes mich verlassen. Ich weiß nicht, wohin sie gegangen ist.
>
> Sie hat das Kind mitgenommen.
>
> Ich fürchte…
>
> Es ist schrecklich. Ihre religiösen Anschauungen freilich scheinen damit im Widerspruch zu stehen. Aber alle meine Bemühungen, ihre Spur aufzufinden, sind vergeblich gewesen. Ich habe so lange gezögert, Ihnen diese Mittheilung zu machen, bis für mich jede Hoffnung geschwunden war. Man hat sie zuletzt mit dem Kinde eine Strecke unterhalb der Stadt am Fluß gesehen, der hier sehr reißend ist. Wenn die Unselige…

Die Leichen würden weit fortgeführt sein können. Aber das steinige Bett hätte sie endlich doch aufhalten müssen. Die Nachfrage in allen Ortschaften blieb ohne Erfolg. Läßt sich daraus ein Schluß ziehen? Es kann ja auch sein…Was? Es giebt so viele Möglichkeiten. Aber die wahrscheinlichste scheint doch…Ich habe sie schon angedeutet. So oder anders.

Agnes war schon lange gemüthskrank. Ich glaube, seit der Geburt des Kindes, oder bald darauf. Nun erst kam ihr das Elend, in dem wir lebten, voll zur Erkenntniß. Sie sah die Welt um sich her mit ganz anderen Augen an, ihre Gedanken gingen auf Abwege, und endlich…Ich bin überzeugt, daß ihr Geist nicht mehr ganz klar war.

Aber es war nichts zu thun, wahrhaftig nicht! Sie wollte sich an Sie und die Schwester nicht wenden, sie verbot mir aufs Ernstlichste, Ihnen zu schreiben. Ich hätte die Katastrophe nur schneller herbeigeführt, wenn ich ungehorsam gewesen wäre. Und ich hoffte noch immer…Wollen Sie mir's verdenken, daß ich hoffte? Ich liebte mein Weib, mein Kind.

Jetzt aber habe ich keine Rücksicht mehr zu nehmen.

Verehrter Herr Professor! Wenn ich Ihnen unser Leben schildern sollte von dem Tage unserer Vereinigung ab bis jetzt, ich müßte ein Buch von vielen Bänden schreiben. Dazu fehlt mir die innere Sammlung, die Fähigkeit, selbst die physische Möglichkeit. Bei all meinem Seelenjammer muß ich Komödie spielen. Nach jeder Vorstellung bin ich so erschöpft, daß ich nicht die Kraft habe, mich zu entkleiden. Wie ein Todter liege ich auf dem Strohsack ausgestreckt. Aber der Kopf arbeitet fortwährend, nur die Glieder sind unbeweglich. Erst gegen Morgen stellt sich das Schlafbedürfniß ein. Nach wenigen Stunden bin ich wieder wach, aber todtmatt. Nur Einspritzungen von Morphium halten mich auf der Bühne leistungsfähig. Und was ich leiste…

Die klugen Leute werden sagen: Das hat ja gar nicht anders sein können. Es war eine Verrücktheit, diese Ehe einzugehen — die Versündigung an dem simpelsten Menschenverstande mußte sich rächen! Sie werden Recht behalten — sie behalten immer Recht. Aber sie begreifen auch nicht, daß Liebe eine Leidenschaft ist, und daß Leidenschaft keine Logik kennt. Liebe — Leidenschaft! Sie lächeln, wenn diese Worte ausgesprochen werden. Es sind für sie nur Worte, die sich zu Phrasen zusammensetzen. Wem sie das lebendige Agens aller freudigen und schmerzlichen Empfindungen, aller Entschließungen, aller Willensbethätigungen sind, über den schütteln sie die Köpfe.

Wir liebten einander. Das erklärt ihnen nichts, uns alles. Warum wir einander liebten? Dafür giebt es so viel und so wenig Grund, als für unser Dasein in dieser und keiner anderen Gestalt. Warum waren wir so geschaffen? Warum begegneten wir einander? Warum konnte das klarste Verständniß für die Unsinnigkeit unserer Vereinigung nicht hindern, daß wir uns enger und enger aneinander schlossen, bis zur Unlöslichkeit? Unsere Liebe stieß auf keinen unüberwindlichen Widerstand. Und deshalb wurden wir ein Paar.

Und als wir's geworden waren — ja, da begann ein furchtbarer Kampf um die Existenz, ein so furchtbarer Kampf, daß täglich die Herzen bluteten. Es geschah Alles, was jeder Verständige vorausgesehen haben mußte. Bei der Theatertruppe, die ich damals als Regisseur leitete, konnte ich nicht bleiben. Die hielt sich zu sehr in Ihrer Nähe auf, besuchte wahrscheinlich bald wieder Ihre Stadt. Bis ich eine andere Stellung fand, war unsere geringe Habe fast aufgezehrt. Mein Einkommen verbesserte sich nicht. Wir mußten uns mit einem möblirten Zimmer begnügen, dessen Miethe wir doch nicht regelmäßig bezahlen konnten. Agnes klagte nicht,

so ungewohnt ihr diese Enge war. Sie versuchte, durch ein System äußerster Sparsamkeit unserem kleinen Haushalt eine gesicherte Grundlage zu geben. Es hätte
ihr gelingen können, wenn ihr Mann ein Schreiber oder sonst ein Subalternbeamter gewesen wäre. Für den Schauspieler waren fortwährend unerwartete Ausga-
ben unvermeidlich. Sie warfen ihre sorgsamsten Pläne um, störten ihre sichersten
Berechnungen. Die Wirthschaftskasse war immer schon in der ersten Hälfte des
Monats geleert, mitunter schon am ersten Tage, und dann mußte doch wieder auf
Borg gelebt werden. Ich war an diese Unordnung gewöhnt, sie aber litt unsäglich
darunter.

Sie dachte darauf, sich durch Handarbeit eignen Verdienst zu schaffen. Man weiß,
wie elend sie bezahlt wird. Oft bis tief in die Nacht hinein saß sie bei einer Stickerei,
die ihr die Augen verdarb, während ich durch Abschreiben von Rollen und Noten
mir einen Extraverdienst zu schaffen suchte.

Und dabei drängte Agnes immer, ich solle mich um ein meinem Talent würdi-
ges Unterkommen bemühen. Sie wußte, daß dazu Mittel gehörten, die wir nicht
besaßen, und ihr ganzes Streben richtete sich nun darauf, sie von dem Nothdürftig-
sten zusammenzusparen. Sie selbst wandte sich an die Agenten und suchte sie für
mich zu interessiren. Sie meinte, ich dürfte ja nur mein Licht an einer Stelle leuchten lassen, von der aus es weithin gesehen würde, um sofort für die ersten Bühnen
begehrt zu werden. Darauf hatte auch ich stets vertraut. Jetzt war ich zaghaft geworden. Endlich wurde das ersehnte Gastspiel bei seinem großstädtischen Theater
durchgesetzt. Es verunglückte. Vor dem ersten Auftreten wurde ich von einer mir
sonst ganz fremden Unruhe gepeinigt. Als ob ich ein Examen zu bestehen hätte
und nun Alles, was ich in Jahren mühsam gelernt, plötzlich meinem Kopf gänzlich entschwunden wäre! Was hing nicht von dem Gelingen ab — für mich, noch
mehr für Agnes. Rechnete ich doch längst vornehmlich mit ihren Wünschen. Der
große Raum war mir ungewohnt. In der Aufregung übernahm ich als Karl Moor
meine Kraft, verlor das künstlerische Maaß. Trotzdem, oder vielleicht gerade deshalb gefiel ich dem Publikum; aber die Kritik war eingeladen gewesen und sprach
sich um so abfälliger aus. In zwei anderen großen Rollen leistete ich mir selbst
mehr Genüge; aber nun war das Haus nicht gut gefüllt, das Parquet scheu. Die
Zeitungen nahmen nicht mehr Notiz von mir. Ich hatte die Schlacht verloren.

Kein Wort des Vorwurfs kam über ihre Lippen. Sie suchte mich aufzurichten, ver-
tröstete auf die bessere Zukunft, an die sie doch kaum noch glaubte. Ich war an
mir selbst irre geworden. Es konnte ihr nicht unbemerkt bleiben, und immer tiefer
senkte sich die Traurigkeit auf ihr Herz.

Gerade damals ging uns eine Hoffnung auf, die wir sonst jubelnd begrüßt hätten.
Jetzt vermehrte sie unsere Sorge.

Ich nahm ein Engagement in Rußland an, um nur wieder irgendwo festen Fuß zu
fassen, sei's auch auf dem schwankendsten Boden. Die weite Reise zehrte den Rest
unserer mühsamen Ersparnisse auf. Die Verheißungen des Agenten erfüllten sich
nicht. Ich mußte mir Abzüge gefallen lassen, die zur äußersten Einschränkung nö-
thigten. Da wurde uns ein Töchterchen geboren. Agnes hatte sich wenig schonen
und pflegen können; der stille Gram mochte ihren schwächlichen Körper noch
weniger widerstandsfähig gemacht haben. Sie verfiel in eine schwere Krankheit,
stand wochenlang am Rande des Grabes. Hätten sich nicht mitleidige Menschen
unserer hilfreich angenommen, Mutter und Kind wären elend zu Grunde gegangen.
Ich veranstaltete eine Wohlthätigkeitsvorstellung »für die nothleidende Familie eines Schauspielers,« den jeder kannte. Sie hatte einen unerwartet günstigen Erfolg.
Agnes wußte nichts davon, durfte nichts davon wissen; sie hätte Einspruch erhoben
und, wenn er unbeachtet bleiben mußte, sich um so unglücklicher gefühlt.

Als sie endlich genas, widmete sie sich mit zärtlichster Mutterliebe dem Kinde. Sie verdoppelte ihre Anstrengungen, unserem kleinen Haushalt ein bürgerlicheres Aussehen zu geben. Ihre Nadel ermüdete nicht. Oft, wenn ich erst gegen Morgen aus einer Gesellschaft kam, die ich durch meine schauspielerischen Fertigkeiten angenehm zu unterhalten die wenig beneidenswerthe Aufgabe hatte, fand ich sie noch bei der Arbeit. Und wie wenig brachte sie ein!

Die Bedürfnisse des Kindes wuchsen. Agnes selbst kam auf den Gedanken, ihr Talent für die Bühne zu erproben, um durch eine doppelte Gage unsere Wirthschaftskasse zu stärken. Ich ging auf diesen Vorschlag mit innerstem Widerstreben ein. Schon der erste Blick hinter die Coulissen hatte sie überzeugt, daß ihre idealistischen Anschauungen dort keinen Boden fanden. Das geschäftsmäßige Kunsttreiben würde sie auch bei einer großen Bühne enttäuscht haben; hier bewegte es sich mit einer selbstbewußten Verlumptheit, die nur der leichtfertigste Humor erträglich finden konnte. Die meisten dieser Kollegen und Kolleginnen hatten moralisch Schiffbruch gelitten und gingen nun in der Aufrichtigkeit gegeneinander so nackt, daß das sittliche Gefühl einer feingebildeten Dame aus guter Familie sich jeden Augenblick empören mußte. Was für Umgangsformen! Und welche Sprache im alltäglichen Verkehr! Natürlich nahm man auf Agnes nicht die mindeste Rücksicht. Sie war ja meine Frau, nicht eine Fremde, die man täuschen wollte! Sie zog sich rasch zurück, und ich war nun redlich bemüht, sie nach Möglichkeit von dem Kreise der Berufsgenossen fern zu halten, soviel spöttische Bemerkungen ich mir deshalb auch gefallen lassen mußte. Nun scheute sie des lieben Kindes wegen vor dem Widerwärtigsten nicht zurück, sich thätig dieser Gesellschaft einzufügen. Mein Abrathen war vergeblich. Ich fühle, sagte sie, daß ich kein Recht habe, mich so seitab von Deinem Berufswege zu stellen: mag er meinen Fuß verunreinigen, mein Herz wird ruhiger sein, wenn ich ganz meine Pflicht gethan habe. Ich werde meine Augen zwingen, nicht zu sehen, mein Ohr, nicht zu hören. Und vielleicht schlummert in mir ein Talent, das nur geweckt zu werden braucht, um Erfreuliches zu leisten. Laß mich Deine Schülerin sein!

Darin irrte sie. Wir studirten zusammen einige große Rollen, die ihr besonders sympathisch waren. Sie zeigte so viel Verständniß für die dichterische Absicht, wußte die Bedeutung jedes schwierigsten Satzes so gut zu erklären, sah mit so klaren Augen die Gestalt, die verkörpert werden sollte. Aber die Ausdrucksmittel versagten. Sie kam nicht über einen Vortrag der Verse hinaus, wie er beim Vorlesen am Familientisch üblich ist, und gerieth sofort in ein hohles Pathos, wenn sie sich steigerte. Ihre sonst so natürlichen Bewegungen wurden gekünstelt, jede Geste schien erlernt. Es fehlte das Temperament, die Leidenschaft. Ich sah voraus, daß ihr allzu maßvolles Spiel das an gröbste Effekte gewöhnte Publikum kalt lassen würde. Und ich täuschte mich nicht. Welche Qualen stand ich bei ihrem ersten öffentlichen Auftreten aus! Sie selbst empfand sie nicht so groß. Aber es konnte ihr doch nicht entgehen, daß der Beifall ausblieb. Der Direktor widersetzte sich einem nochmaligen Versuch. Sie müsse klein anfangen, meinte er, erst auf der Bühne gehen und stehen lernen. Die Bildung allein thue es nicht. Unter vier Augen sagte er offen heraus, daß auch so wenig zu hoffen sei.

Agnes wollte den Plan, sich zur Besserung unserer äußeren Lage nützlich zu erweisen, nicht aufgeben. Auch der kleinste regelmäßige Zuwachs zu unserer schmalen Einnahme schien ihr von Bedeutung. Mit dem Heroismus einer großen Seele, die über sich selbst hinwegsieht, verstand sie sich zu allen den untergeordneten Diensten, die dem Theater von wenig anspruchsvollen Anfängerinnen geleistet zu werden pflegen, übernahm kleinste Rollen und wirkte im Chor oder unter den Statisten mit. Sie ließ sich zur Arbeit in der Garderobe anstellen und soufflirte, wenn sie nicht auf der Bühne beschäftigt war. Diese Thätigkeit befriedigte sie noch am meisten. Sich zu kostümiren und zu schminken bereitete ihr stets großes Unbehagen. Es war, als ob sie sich vor mir schämte und mir Dank wüßte, wenn ich sie nicht ansah.

Der Noth gehorchend, nicht dem eignen Trieb! Ja, das konnte sie von sich sagen. Aber sie sagte es nicht — sie litt still, ohne einen Laut der Klage vernehmen zu lassen. Nur wurde ihr Gesicht immer ernster, ihr Sinn in sich gekehrter; sie kargte mehr und mehr mit Worten, die mir über ihren inneren Zustand hätten Auskunft geben können, und schien jeden Versuch der Erheiterung ihres Gemüths als eine Kränkung zu empfinden. Selbst mit dem Kinde, das sie doch zärtlich liebte, heiter zu verkehren, schien ihr schwer zu werden. Sie lächelte ihm wohl zu, wenn sie mit ihm spielte, aber gleich wieder kamen ihr traurige Gedanken, und rollten ihr die Thränen über die bleichen Wangen. Armes Kind, was soll aus Dir werden?

Es begann ein Wanderleben, dessen Schilderung ich Ihnen gern erspare. Ich gab es auf, Engagements zu suchen, die meinen künstlerischen Neigungen entsprechen konnten. Ich betrieb nur noch ein Handwerk, das möglichst wenig kümmerlich mich und meine kleine Familie zu nähren hätte. Ich würde Diener- und Anmelderollen gespielt haben, wenn dafür einige Thaler monatlich mehr einzunehmen gewesen wären. Eine Anstellung für mehrere Jahre, die mir ein anständiges, wenn auch noch so bescheidenes Einkommen gewährt und Agnes gestattet hätte, sich von der Bühne fern zu halten, hätte ich mit Freuden angenommen, auch wenn ich durch sie für immer in die hinterste Reihe zurückgedrängt worden wäre. Ich hatte keinen künstlerischen Ehrgeiz mehr, nur noch das quälende Verlangen, mir eine befriedigende Häuslichkeit schaffen zu können. Mir! das sprach kaum mit. Aber ihr, die nun mein Alles war!

Ich sage die Wahrheit, Herr Professor. Ich würde sie auch sagen, wenn ich mich einer schweren Versündigung gegen das Vertrauen der unglücklichen Frau anzuklagen hätte. Nein, es ist nichts geschehen, was sie hätte erzürnen und im Herzen von mir abwenden müssen. Ich bin als junger Mensch im Elternhause sehr leichtsinnig gewesen, habe als Officier toll genug gelebt und als Schauspieler mir kein Gewissen daraus gemacht, jede Gunst des Augenblicks zu erhaschen und dem bekannten dreifachen W, unbekümmert um die Folgen, lustig zuzusprechen. Es war nicht meine Art, einer Versuchung aus dem Wege zu gehen, und ich habe auch nicht bedächtig überlegt, ob es in meiner Lage erlaubt und ehrenhaft sei, die Neigung einer jungen Dame anzunehmen, der ich Hochachtung zollte. Ich bekenne meinen sträflichen Leichtsinn, ein Haus auf Sand gebaut, heilige Pflichten gelobt zu haben, denen nicht genügen zu können mir schon im Augenblick des Gelöbnisses die Stimme der Vernunft sagen mußte. Aber daß ich aus Liebe frevelte, daran sollen Sie glauben. Wie wäre sonst diese Umwandelung meines ganzen Menschen möglich gewesen? Ich will sie eine Läuterung nennen. Jedes sündhafte Gelüst in mir starb ab. Ich hatte gern der Flasche zugesprochen — jetzt lockte mich das Wirthshaus nicht mehr; das Karten- und Würfelspiel hatte ich leidenschaftlich betrieben, oft genug den letzten Batzen daran gewagt — nun wich ich der solidesten Partie aus, um mich vor Verlusten zu bewahren; jedes hübsche Lärvchen beim Theater konnte mich beunruhigen und zu dummen Streichen verleiten — seit Agnes mir gehörte, lockten mich diese Sirenen nicht mehr, ihre herausfordernden Mienen, ihr leichtfertiger Ton stießen mich ab. Selbst während des Spiels hielt ich mich in den gemessensten Schranken und ließ deshalb willig den Spott der Kollegen über mich ergehen. Ich schwöre es Ihnen, nie habe ich Agnes Grund zur Eifersucht gegeben. Ich darf mir's bezeugen, daß ich in Allem der gewissenhafteste Ehemann gewesen bin, daß auch das häusliche Leid, so schwer es mich bedrückte, mich den Pflichten eines guten Hausvaters nicht abtrünnig machen konnte.

In dieser gedrückten Luft freilich mußte die Fackel des Genius, den ich in mir trug, erlöschen. Ich fühlte, daß sie mir nicht mehr leuchtete, und hatte doch kaum noch ein Bedauern dafür. Wenn ich gewissenlos gehandelt, Weib und Kind ihrem Schicksal überlassen, vor dem Elend die Flucht ergriffen hätte — vielleicht wäre der Schauspieler zu retten gewesen. Aber der Glaube an mich selbst war nicht mehr stark genug, mein Leichtsinn gebrochen. Und ich liebte Agnes, ich liebte das Kind!

Sie aber beobachtete argwöhnisch diesen Verfall meiner Künstlerschaft. Hatte sie doch gehofft, mich durch ihre Liebe zu erheben, auf die höchsten Höhen der Kunst zu stellen! Sie vertraute meinem Streben, meiner Kraft. Deshalb riß sie sich gewaltsam los vom Vaterhause, von Allem, was ihrem Dasein bis dahin einen sicheren Halt gegeben hatte, und bestieg den schwankenden Kahn, den ich ihr zur Fahrt in die stürmische See bieten konnte. Sie wußte ihre Liebe stark und ausdauernd. Wir würden alle Hindernisse überwinden und das Land der Verheißung erreichen! Was war nun in diesem Kampf mit den Elementen aus mir geworden? Ein Schiffbrüchiger, der am Strande seiner Hoffnungen mühselig aus den geretteten Trümmern eine Hütte baute, Weib und Kind darin zu bergen, der ihretwegen vor jedem neuen Wagniß zurückscheute. Und sie konnte nicht helfen; die Noth hatte ihn ganz verzagt gemacht, ganz niedergedrückt. Was war die Vorstellung, die sie täglich mehr beängstigte, bis zum Wahnsinn quälte? Ich wußte es nicht, sie sprach nie davon, ich sah nur, wie ihr Gemüth sich verdüsterte, bemerkte mit Schrecken, daß auch ihr Geist zu leiden anfing. Erst aus den Aufzeichnungen, die sie mir zurückgelassen, erfuhr ich, was in ihr vorgegangen war.

Sie hatte einige Blätter nach und nach mit ganz kurzen Sätzen beschrieben. Es war das Tagebuch meines künstlerischen Verfalls. Und zwischenein immer wieder: Das ist meine Schuld! Wenn ich nicht wäre und das Kind — wenn er uns nicht liebte —! Hatte ich ihr einmal zu Dank gespielt, so leuchtete wieder eine Hoffnung auf: er hat sich noch nicht ganz verloren — er findet sich zurück in seine Bahn! Und gleich darauf: aber wir dürften ihn nicht hindern — das Bleigewicht ist zu schwer, selbst für die stärksten Flügel, und die seinen sind schon matt! Sie rechnete ab mit ihrem Gewissen und mit ihrer Liebe. Was war sie beiden schuldig? Ihre Vorstellungen verwirrten sich. Wenn sie verzichtete … Worauf? Sie betete zu Gott um eine Offenbarung. Und endlich verloren die Sätze jeden Zusammenhang, nur noch einzelne Worte waren aneinander gereiht. Dazwischen Punkte, Ausrufungszeichen, Fragezeichen, meist in größerer Zahl. Ganz zuletzt mit fast unleserlicher Schrift: Hab' Dank und lebe wohl!

Bald darauf muß sie mit dem Kinde die Wohnung verlassen haben.

Dies Alles, verehrter Herr Professor, habe ich Ihnen so ausführlich hingeschrieben, um Sie in den Stand zu setzen, sich ein Urtheil bilden zu können. Eine edle Natur ist hier an sich selbst zu Grunde gegangen. Wer so die nackten Thatsachen erfährt, zuckt eher spöttisch als mitleidig die Achseln. Ein Mädchen aus gutem Stande verliebt sich in den Heldenspieler einer herumziehenden Theatertruppe, verläßt seinetwegen heimlich das Vaterhaus, heirathet ihn gegen den Willen ihrer Angehörigen, kommt in allerhand schwere Noth und läuft ihm davon. Nicht wahr, wer das hört, denkt an eine leichte Person, die aus Verliebtheit einen tollen Streich begeht, kopflos sich ins Unglück stürzt, statt Vergnüglichkeiten Entbehrungen aller Art findet, dem Widerwärtigen ihrer Lage keinen festen Willen entgegenzusetzen hat und sich nach wenigen Jahren ihren thöricht übernommenen Pflichten durch die Flucht entzieht, wahrscheinlich auch längst schon von der Unwürdigkeit des Gegenstandes dieser täuschenden Neigung überführt. Wenn Agnes diese leichte

Person gewesen wäre! Ich dürfte beruhigt sein. Wir hätten miteinander ein Abenteuer erlebt — ein Schauspieler und eine Professorstochter — und nun wär's genug davon. Der Schauspieler wäre der wiedergewonnenen Freiheit froh und tröstete sich bald mit einer anderen Liebschaft — die Professorstochter... nun, die hätte eine Schule durchgemacht, in der solche Dämchen zu lernen pflegen, wie sie sich geschickt weiter durchs Leben bringen. Aber Agnes —! Es ist eine Beleidigung, daß ich sie nur in diesen Vergleich stelle. Wie groß und schön war ihr Zartsinn, wie edel jeder Beweggrund ihres Handelns, wie tief schmerzlich die Enttäuschung, wie hoffnungslos die Entsagung! So unglücklich konnte nur ein Weib werden, das die höchsten Ansprüche an sich stellte. Darum ist sein Schicksal ein tragisches.

Verzeihen Sie, daß ich mit diesem Wort aus der Theatersprache meinen schon zu langen Brief schließe. Es bezeichnet mir mehr als Ihnen: die ganze Selbstherrlichkeit des dem Untergange geweihten vornehmsten Menschenthums! Ist Ihnen das eine Schauspielerphrase? Wenn Sie mir ins Herz sehen könnten!

Und so... Nein! ohne die übliche Redewendung, die wirklich an dieser Stelle nur eine traurige Phrase wäre —

Franz Ortler.«

Steiger studierte diesen Brief sehr lange, für Fridas Ungeduld viel zu lange. Sie wollte nur wissen, was geschehen sei, und meinte am Schluß noch eine Aufklärung zu finden. Deshalb nahm sie ihrem Manne die Blätter bis auf das eine, in dem er gerade las, aus der Hand und überlief sie mit schnellem Blick. Sie fand nicht, was sie suchte, und meinte: »Recht verständlich wird's einem nicht. Wenn sie ein liebes Kind hatte, galt doch keine Rücksicht. Sie hätte uns schreiben müssen. Ihr Hauptirrthum scheint mir der gewesen zu sein, daß sie Ortler für einen genialen Schauspieler hielt. Auch das war er nicht einmal. Wenn er's gewesen wäre, das Genie hätte sich gewiß Bahn gebrochen. Nicht wahr, Theodor, das Genie bricht sich immer Bahn? Die arme Agnes!«

Er antwortete mit einem unverständlichen Brummen und fuhr fort, die Silben zusammenzusuchen, als ob es ihm auch nicht an einer einzigen fehlen dürfte. Die Cigarre hatte er ausgehen lassen, hielt sie aber im Mundwinkel. Als die Lektüre beendigt war, legte er die einzelnen Briefbogen wieder ordentlich aufeinander, klopfte auf den Rand, bis keiner mehr überstand, faltete sie und schob sie bedächtig ins Couvert. »Es war ja vorauszusehen,« sagte er, den Kopf ein wenig ins Genick zurückwerfend. Und nach einer Weile: »Ja, was ist da zu thun? Ich fürchte, Ortler hat nicht zu schwarz gesehen.«

»Du glaubst wirklich...« fragte Frida ängstlich.

Er hob die rechte Schulter und zog die Augenbrauen auf. »Bei einer so excentrischen Natur...«

»Und man weiß nicht einmal, wo!« rief Frida. »Und das Kind! Das wird sie doch nicht... O mein Gott!«

Waldstätter hatte sich ans Fenster gesetzt und den schweren Kopf in die Hand gestützt. Er starrte mit ganz verglasten Augen ins Weite. Es dämmerte schon in dieser späten Herbstzeit und bei dem bedeckten Himmel. Ein scharfer Wind strich am Hause hin durch den kleinen Vorgarten, fegte die gelben Blätter von den Fliedersträuchen und beugte die stolzen Häupter der prächtig farbigen Georginen, die der letzte Nachtfrost noch verschont hatte. Die Landstraße war schmutzig von dem vielen Regen, der in den letzten Tagen heruntergekommen war, und jenseits dehnten sich graugelblich die Stoppelfelder, durch lange Wasserrinnen abgegrenzt. Der Professor hätte ebenso auf eine dichte Nebelwand hinausgeschaut. Er hatte vergessen, daß Steigers den Brief lasen, der ihm so viel Kummer bereitete. Er vernahm auch ihre Aeußerungen über denselben nicht.

Plötzlich aber ruckte er zusammen und schrie auf. Frida eilte erschreckt zu ihm. »Was hast Du, Papa?« Er zeigte mit der Hand hinaus, an der die Finger flatterten.

Draußen hinter dem Eisengitter stand eine dunkle Gestalt, den Kopf in ein Tuch gehüllt. Sie hob von Zeit zu Zeit einen Gegenstand auf und schien ihn denen im Hause zeigen zu wollen. Er war ebenfalls in ein Tuch gewickelt. »Eine Bettlerin.« sagte Frida, »was will sie denn? Schicke ihr etwas hinaus, Theodor.«

»Nein, nein!« rief der Professor, am ganzen Leibe zitternd. »Agnes —«

»Agnes?« Sie sah aufmerksamer hin. Eben hatte sich von der Bewegung der Arme das Kopftuch verschoben und einen Theil des Gesichts sehen lassen. Es lachte grinsend, und die dunklen Augen blitzten unheimlich hinüber. Gleich darauf hob sich wieder der Packen und tanzte zwischen ihren Händen.

»Agnes —!« schrie Frida und stürzte hinaus. Ihr Mann folgte ihr. Der Professor suchte sich zu erheben, sank aber wieder zurück. Erst als er die Beiden im Vorgarten über den Kiesweg laufen sah, raffte er alle Kraft zusammen und taumelte nach der Thür.

Die Pforte im Gitter wurde aufgerissen. »Schwester — Agnes —!«

»Das Kind — nehmt nur das Kind,« antwortete eine vor Frost bebende Stimme. »Ich bringe nur das Kind. Da — da! Ich kann nicht — mit dem Kinde...«

Sie hielt ihnen den Packen entgegen, aus dem nun ein leises Wimmern vernehmbar wurde. Frida wollte sie umarmen, aber sie wich aus. »Das Kind — nehmt nur das Kind!« wiederholte sie immer wieder. Es war nicht einmal sicher, ob sie die Schwester erkannte.

Nun näherte sich auch der Professor. »Agnes —!« rief er und streckte die Hände nach ihr aus, »meine Agnes!«

Sie schien zu erschrecken, starrte einen Augenblick zu ihm hin und sank dann in die Kniee. »Vater —« stöhnte sie. »Ja, Du bist's — Du bist's! Zu Dir komme ich. Da — da! Nimm das Kind. Ich kann doch nicht das Kind...«

Er umfaßte sie, suchte sie zu erheben. Steiger unterstützte ihn. »Wir müssen sie hineinbringen,« flüsterte er, »es kommen Leute von der Stadt her.«

Sie widersetzte sich. »Nein — ich will nicht hinein. Ich bringe nur das Kind. Nehmt das Kind und laßt mich gehn.« Sie legte es ihrem Vater in den Arm. »Du weißt nicht... aber ich kann's beschwören, es ist mein Kind. Nein, es soll so jung nicht sterben — das ist gegen Gottes Gebot.«

Frida nahm es ihm ab, öffnete die Hülle und küßte das kläglich verzerrte Gesichtchen. »Beruhige Dich nur, Schwester,« sagte sie, »es soll sein wie mein eigenes Kind. O, Du armes Dingelchen!«

»Dann ist's gut, dann ist's gut,« stammelte die unglückliche Frau. »Dann war die weite Reise nicht umsonst. Du und der Vater... Nein, laßt mich los! Ich kenne nun meinen Weg — allein.«

Sie war bemüht ihre Arme freizumachen, aber ihre Kraft war zu schwach. Mit einem ächzenden Laut brach sie zusammen. Steiger hob sie auf und trug sie ins Haus, von dem alten Mann unterstützt. »Zu mir hinauf, zu mir hinauf,« rief er der Dienerschaft zu, die sich indessen eingefunden hatte.

Agnes war ohnmächtig. Sie wurde entkleidet und zu Bett gebracht. Steiger eilte nach dem Arzt. Der Professor saß neben ihr und hielt ihre Hand. Frida beschäftigte sich mit dem weinenden Kinde, gab ihm Milch zu trinken und etwas zu essen. Es schien sehr hungrig. Die Händchen und Füßchen waren eiskalt. Bald erholte es sich auf ihrem Schooß, fing munter zu plaudern an und wollte mit den anderen Kindern spielen, die herumstanden und den kleinen Fremdling anstaunten.

Agnes kam wieder zu sich. Verwundert sah sie sich in dem bekannten Zimmer um. Es war, als ob sie sich jetzt erst bewußt würde, den Vater und die Schwester bei sich zu sehen. Sie wollte sprechen, aber ihre Stimme war wie erstickt. Sie nahm etwas Nahrung zu sich. So fand der Arzt sie anscheinend gebessert. Doch mochte ihm der Puls wenig gefallen, denn er nahm wiederholt ihre Hand, und auf seinem Gesicht war die Sorge zu lesen.

Eine von Arbeit rauhe, vom Frost geröthete Hand.

Der Zustand der Ruhe und Klarheit dauerte auch nicht lange an. Bald wurde wieder der Blick wirr und unstet. Es schien sie die Vorstellung zu peinigen, daß sie fort müsse, nachdem sie das Kind untergebracht. Sie richtete sich auf, warf das Deckbett zurück und wollte hinaus. Nur mit Anstrengung konnte sie festgehalten werden. Der Arzt versprach zur Nachtwache eine Wärterin zu schicken.

Ein Nervenfieber kam rasch zum Ausbruch. Die Unruhe verstärkte sich, und dann wieder sah sie stundenlang mit starrem Blick ins Weite und murmelte unverständliche Worte vor sich hin. Mitunter wurden ihre Phantasieen lebhafter. Dann sprach sie laut und im Zusammenhang, lachte oder gab Zeichen mit den Augen und Händen, als ob man sich vor etwas in Acht nehmen solle. Ihren Vater nannte sie immer »Herr Kramer« und ihre Schwester »Fräulein Ninette«, und aus ihren Reden ergab sich, daß sie mit Schauspielern zu verkehren meinte, die mit ihrem Mann zusammen spielten. »Sie sehen in Ihrem natürlichen Haar ganz ehrwürdig aus, Herr Kramer,« sagte sie, immer ganz rasch und ohne Absatz sprechend, »und benehmen sich auch ungefähr wie ein Mensch. Aber man läßt Sie so ja nicht auftreten. Sie sollen immer der sein, über den das Publikum lacht, und Sie besitzen ja auch drei wirksame komische Perücken. In der einen spielen Sie den Orang-Utan, den täppischen, groben und dabei phlegmatischen Gesellen, in der zweiten den boshaften und bissigen Gorilla, in der dritten den munteren listigen Spaßmacher Schimpanse. Das geht Ihnen ans Herz, ich weiß es wohl; aber was wollen Sie? Das Publikum lacht, und Sie verdienen damit Ihr Brot. Als Sie zur Bühne gingen, hielten Sie sich für einen Marquis Posa, Ferdinand und Max Piccolomini nur gerade gut genug, und gern hätten Sie viel darum gegeben, nur ein einziges Mal einen König Lear tragiren zu dürfen, jeder Zoll ein König — aber Sie hatten nicht die Figur dazu und auch nicht das laute Organ und man glaubte Ihnen nicht. Es wäre bei der Bühne ganz aus mit Ihnen gewesen, wenn Sie nicht die drei Perücken entdeckt hätten. Die machten Sie zum geborenen Komiker. Nun glaubt man an Sie. Ich bitte Sie, wenn Sie einmal vom Theater abgehen, vermachen Sie Franz die drei Perücken, dann glaubt man vielleicht auch an ihn. Es könnte doch möglich sein.« Und ein andermal sich verbeugend und in die Hände klatschend: »Fahren Sie nur so fort, mein liebes Fräulein, Sie sind auf dem besten Wege. Es ist wirklich eine Albernheit, sich in eine Rolle hineinstudieren zu wollen. Das kostet so viel Zeit und Mühe, dazu muß man auch die Gestalt mit geistigem Auge sehen. Sie haben sehr schöne Augen, mein Fräulein, wenn ich nicht irre, dunkelgrau, ins Bräunliche hin-überspielend, und mit einem ganz eigen leuchtenden Schmelz im Licht der Lampen — sehr schöne Augen, aber das geistige Auge fehlt Ihnen, und das ist für Sie eine wahre Wohlthat. Sie setzen sich vor den Spiegel und lassen sich die Rolle anfrisiren und anziehen, und Sie sehen immer entzückend aus. Wen will man denn auf der Bühne haben, als Sie? In jeder Rolle sind Sie Sie selbst. Das gefällt. Es giebt alte Herren, die sich's aus Liebe zur Kunst etwas kosten lassen, Sie an einem Abend in fünf Akten fünf verschiedene Roben tragen zu sehen. Und es giebt Damen, die nur deshalb ins Theater gehen, um von Ihnen zu erfahren, was die neueste kleidsame Mode ist. Und Sie haben einen Ton... Er ist gar nicht zu beschreiben. Es ist *Ihr* Ton. Er liegt Ihnen so in der Stimme und giebt Allem, was Sie sagen, einen ganz eigenen pi-kanten Beigeschmack. Deshalb wenden Sie ihn auch überall an, in tragischen und komischen Rollen, und jedesmal, wenn er anklingt, haben Sie unfehlbar Ihr Bravo — unfehlbar. Der Ton macht Sie zu einer Specialität, und das ist heut die Hauptsache. O — ich sehe Sie schon auf Gastspielreisen, mein Fräulein, Sie werden sich mit den schönen Augen und diesem Ton ein Vermögen zusammenspielen, und wenn Sie einen Baron oder einen Millionär heirathen wol-len...« So phantasirte sie ohne Aufhören. Und dann wieder griff sie mit beiden Händen nach ihrem Kopf, wühlte das Haar über ihre Stirn und murmelte: »Es ist Zeit, es ist Zeit — wir müssen scheiden. Ich hatte mir's so schön gedacht. Wie ein Adler stiegst Du auf zur Sonne, und ich hing an Deinem Halse — federleicht wie ein seliger Geist. Aber der Leib mußte mit, der Leib! Verzweifelt schlug der Adler mit den Flügeln — immer tiefer hinab ging's, immer tiefer hinab. Ich muß Dich loslassen — ich lasse Dich los. Da — Du bist frei. Ah — ah — ah...« Sie ächzte schmerzlich, »ganz zerschmettert lieg' ich auf dem Gestein. Es ist bald zu Ende, Liebster, kümmere Dich nicht um mich. Schwinge Dich auf — Ah, ah, ah...«

Der Arzt gab kaum noch Hoffnung. Der Professor schrieb an Ortler, schickte ihm reichlich Reisegeld, gab ihm anheim, den nächsten Eilzug zu benutzen. Es sei unbegreiflich, wie es Agnes möglich gewesen sei, sich mit dem Kinde den weiten Weg bis zur Heimath durchzudringen. Es scheine so, daß sie beabsichtigte, sich mit dem Kinde das Leben zu nehmen, aber aus Mitleid für das Kind von ihrem Plan abgelenkt wurde. Vielleicht habe sie etwas Geld in ihren Taschen vorgefunden, vielleicht Andenken von einigem Werth verkauft, um streckenweise die Bahn benutzen zu können; der Trauring fehle. Sie müsse furchtbar gelitten haben.

Ortler kam, so schnell ihn das Dampfroß heimtragen wollte. Um Urlaub hatte er sich gar nicht bemüht; es war ihm gleichgültig, ob er seine Stelle verlor. Er schien um zwanzig Jahre gealtert und hielt sich kaum aufrecht, als er am Arm des Professors an das Krankenbett trat. Dort sank er in die Kniee, brach in ein schluchzendes Weinen aus, ergriff die fieberheiße Hand der geliebten Frau und bedeckte sie mit Küssen.

Agnes hatte, als er sich näherte, die Augen auf ihn gerichtet. Sie war plötzlich verstummt. Es schien eine Erinnerung in ihr aufzudämmern und blitzschnell, wie ein Sonnenstrahl, die Umnachtung ihres Geistes zu durchbrechen. Ihr Blick wurde klar und sah das Wirkliche. Sie tastete mit der anderen Hand über das Deckbett hin nach seinem Kopf, legte sie darauf und spielte mit den Fingern in seinem Haar. Dann hob sie seine Stirn, beugte sich vor, sah ihm in die feuchten Augen, lächelte und nickte ihm zu, bis er sie umfaßte und sich an ihre Brust ziehen ließ. »Ach — das ist so schön,« hauchte sie leise, »halte nur — meine Hand fest.« So saß sie einige Minuten aufgerichtet. Dann wurde ihr Arm matt, ihr Kopf senkte sich gegen seine Schulter, sie athmete wie eine Schlafende. Er legte sie sanft auf das Kissen zurück.

Sie war wirklich in Schlaf verfallen, in tiefen Schlaf. Er hielt viele Stunden an. Ortler saß neben ihr, blickte sie unverwandt an und hielt ihre Hand. Bei der geringsten Bewegung zuckte sie, als ob sie die Empfindung hätte, fallen zu müssen. Sie lag so den Abend und die ganze Nacht.

Am Morgen erwachte sie mit einem tiefen Seufzer. »Wie ist Ihnen?« fragte der Arzt, der auf des Professors Bericht schon früh gekommen war.

»Gut, gut,« antwortete sie, die Augen wieder schließend.

Frida begleitete ihn zur Thür hinaus »Ist jetzt Hoffnung?« fragte sie.

Er schüttelte den Kopf. »Sie ist zu schwach. Und dieses Aufflackern des Geistes täuscht nur. Es ist eher ein Zeichen...«

»Darf ich ihr das Kind bringen?«

»Unbedenklich. Es wird ihre letzte Freude sein.«

So geschah es. Die Kleine schmiegte sich an die Kranke. »Mama, meine liebe Mama!«

Agnes blickte auf. »Mein Kind!« Sie küßte Mund, Augen, Haar. »Ich konnte es nicht übers Herz bringen... Es ist gut.« Sie zog ihren Mann an sich. »Haben wir uns nicht geliebt? Trotz allem — sind wir nicht selige Menschen gewesen?«

Und dann nach einer Weile, die müden Augenlider schon mit Anstrengung erhebend: »Was war unsere Schuld? Daß wir einander liebten und das Leben meinten durch die Liebe bezwingen zu können. Das gelingt nicht — aber sie bleibt. Und wenn sie nicht bliebe — wenn auch das Täuschung wäre — sie war doch in ihrer Blindheit auf dem rechten Wege. Sie ist uns so viel, als wir ihr sind — sie ist, was wir selbst sind. Wer sie so nicht fühlt, der mag sich glücklich dünken und glücklich geschätzt werden, und wem sie so die einzige Wahrheit ist, der mag verdorben und verworfen sein. Was beweist das? Nur die Klugen können klug sein, und auch sie bestimmen nicht den Erfolg. Was beweist auch der Erfolg? Sich selbst treu sein, ist Alles — und dann hat man, was man ist. Wenn ich wüßte, was ich weiß, und könnte zurück — ich würde doch kein anderer werden. Und darum müßt' ich ebenso handeln.« Sie drückte das Kind an die Brust und legte den Arm um ihres Mannes Hals. Ihre Augen strahlten in überirdischem Glanz. »Nein wirklich, ihr Lieben — ich bereue nichts.«

Dann sank sie ganz erschöpft zurück. Wenige Minuten darauf war sie wieder in einen tiefen Schlaf versunken, aus dem sie diesmal nicht mehr erwachte.